COLLECTION FOLIO

François Salvaing

Misayre !
Misayre !

Balland

Pour Florence

Écrire, écrire : tuer, quoi.
(Henri Michaux, *Ecuador*)

LIVRE UN

Le Dit des pèlerins

Chapitre premier,

où par un après-midi d'été
deux voyageurs ont recours
au forgeron.

Plus tard quelqu'un parlera de l'exorbitante absence des mouches. Un autre, de la pâleur torride des murs. Un troisième citera le sang survenu des femmes, opaque et simultané dans toutes les maisons, cabanes, huttes, de Fouïch et de sa campagne, sans en omettre une seule.

Mais le jour même personne ne dit mot des phénomènes, ni peut-être ne s'avoue les remarquer.

L'été règne, mais sans — donc — sa traîne ordinaire de drosophiles, calliphores, lucilies ou glossines. Pareillement manquent à l'appel hannetons, papillons, frelons, coccinelles.

Et encore : lézards, vipères, batraciens.

On est aux champs. Partout la lumière danse à la rencontre de la lumière, oblitère la violence du monde. Ainsi le château lui-même, qui figure de toujours et à jamais la présence rectiligne et sombre du Temps au-dessus des courbes et transitoires existences du bourg, semble ne plus être qu'un arbre de pierre, étincelant parmi la verte profusion des collines.

Depuis ses remparts, ou par les meurtrières de la tour (ronde) qu'il dresse alors, rêvant d'une seconde (à section carrée) pour offrir à l'ennemi de quoi penser, nobles et gens d'armes s'emploient à déchiffrer dans le tracé des faux sous la splendeur de l'orge si l'hiver leur sera ou non confortable.

A cette époque, chaque année recule les frontières du cultivé. L'automne, des nuées d'enfants voltigent derrière les mollets adultes pour balayer et brûler la broussaille arrachée. Une sèche ivresse gagne : la conviction qu'à s'éloigner du bourg on atteindra, une prochaine récolte, la borne spatiale et temporelle où la condition de serf, de soi-même, telle une peau surannée, glissera à terre pour y être déchiquetée par les mulots peut-être, ou les fourmis, noce noire.

D'un été l'autre, l'armée des épis se presse plus nombreuse, et l'on s'aperçoit manquer en face, pour l'épuiser, de faux, de serpes, de faucilles. Pour quoi, ce fameux jour comme beaucoup d'autres, on a laissé Misayre au bourg, à en forger.

Une légendre voudra que l'aïeul des aïeux du forgeron ait été du groupe qui survécut à la Quatrième Glaciation, enfoui dans les cavernes de la montagne Quié. Et ce lointain hominidé se serait d'abord aventuré seul au-dehors tandis que les autres rongeaient dans les ténèbres les squelettes de leurs défunts, et jusqu'aux fibres de leurs pensées. Puis (combien de lunes plus tard ?) il serait revenu, aurait doucement écarté ses frères de la chaleur de leur femme, et aurait dormi (combien de lunes encore ?) sous ces cuisses fourrées. Au réveil de quoi il serait allé de l'un à l'autre qui n'étaient plus qu'une centaine, membres mêlés, pour qu'on se prépare à le suivre.

Rampant, il les aurait conduits jusqu'au jour dévorant. Or ils avaient oublié de quels arcs et de quels crocs était fait le jour. Et tandis qu'ils couvraient leurs têtes de leurs bras, tandis qu'ils rentraient dans les cavernes attendre que leurs corps se souviennent et tressent des défenses, tandis qu'ils sanglotaient pour permettre à leurs cils de repousser, il aurait — lui — dansé les paumes vers le ciel.

Et c'est sous sa conduite qu'ils auraient réappris la verticalité, l'étendue, la durée, le clair et le sombre, les nuances, les passages, l'incertain, le projet. Ce qui les mena jusqu'au soir, et trois fois de suite les étoiles sur leurs épaules agglutinées.

Au soleil suivant, il leur aurait désigné dans la neige, très loin, un œil noir, respirant, frémissant, immense. Ou était-ce le dos liquide d'un animal nouveau que les rennes avaient fui ? Et comme ils s'immobilisaient, il se serait avancé de tous les pas nécessaires, aurait ramassé un rocher, l'aurait soulevé, porté jusqu'au bord de l'œil, et l'y aurait jeté.

Et tandis que tous : face à terre ! tremblant !

lui : non. Il aurait carrément mis un pied dans l'œil, puis les deux. Et les mollets, et les genoux. Soudain aurait plongé bras et tête, gigotant des reins. Pour soudain reparaître quand personne ne croyait plus, brandissant l'éclat d'écailles, célébrant la lamproie, proclamant qu'ils s'installeraient là, contre ce qui n'était ni œil ni dos, mais ventre où nourrir les leurs. Contre la llacuna, l'estany, l'étang, que l'on appellera plus tard Font Nègre ou Noire Fontaine, d'où rivière et vie descendront cascadant jusqu'à Fouïch et jusqu'à nous.

Maigre rivière, terres étiques et pauvre vie : pour les faire siennes, il ne pouvait y avoir que Misère, ricanera la légende.

Dans les récits et registres on trouve le nom du forgeron également écrit Miser, à la romaine ; ou bien Misayre — entendre : Misaïré. C'est cette dernière graphie que le chroniqueur adoptera, pour le plaisir de frapper le plus souvent possible au centre du clavier la lettre y, vestige d'ères calligraphes, et l'une des rares à plonger vers le risque de la ligne à venir quand tant d'autres s'accrochent au regret de la ligne achevée.

Ce Misayre de la journée sans mouches : forgeron, nous l'avons dit. Comme avant lui tous les aînés du nom. Sensible à la présence de leurs gestes dans les siens, cognant forgeant suant sourd. Imprimant déjà la trace des siens dans le corps frêle à ses côtés de Baptiste, son aîné.

Baptiste actionne le soufflet, houff-houff, et tousse jusqu'aux genoux. Baptiste est moins grand que la faux naissant sous la masse, moins grand que la moins grande des faux, moins grand que bien des choses, en éprouve de la colère.

Avant son père il voit — l'après-midi de ce jour dont les prodiges sont, jusqu'à ce point de la chronique, des absences ou bien des pertes — voit deux hommes dans la porte, leurs pieds nus, leurs membres minces tels ficelles, leurs vêtements mangés de trous. « *Père!* » hurle-t-il. Puis il ne sait que dire, de quels mots désigner ces hommes, ils ne ressemblent à rien de vu. Et le cheval non plus, qu'ils traînent à leur suite. Un cheval d'avant Noë dirait-on, et qui n'aurait pas eu le temps ou la force de monter sur l'Arche, de sorte que les boues du Déluge l'auraient statufié sur la rive, tout comme.

Les deux hommes font quelques pas craintifs, l'un est barbu jusqu'au ventre, l'autre est glabre. Ils font quatre ou cinq phrases, de leurs voix sans dents. « *Plus près!* » leur enjoint Baptiste, et : « *Père!* » hurle-t-il derechef. Misayre lève les yeux, son bras redescend et rebondit sur l'ouvrage. « *Criez!* » crie Misayre.

Baptiste s'étonne de ne pas entendre les deux hommes sonner, maintenant qu'il les distingue mieux : la maigreur des lépreux, des cheveux par touffes et sans couleur, ni bruns ni blonds ni blancs. Et la peau cendre. Voilà comment ils apparaissent. Deux déterrés.

Leurs pieds sont nus, ils demandent pour le cheval des fers, rauquement. Et rauquement ils disent aller à Compostelle, longue route dont Dieu veuille qu'ils l'achèvent. « *Criez!* » crie Baptiste. Ils hurlent : « *Compostelle!* » et fouillent symétriquement les trous de leurs lambeaux, en sortent — inattendues, octogonales — des pièces d'or frappées de sceaux inconnus. Baptiste avance le cou puis la main. « *Après!* » dit Misayre.

Il écarte le travail en cours, qu'on lui présente l'animal. Lequel, au premier fer, pleure des larmes en losange. Au deuxième, défèque. Au troisième, défaille. « *Grâce pour le quatrième!* » hoquette le pèlerin glabre, sur qui la bête s'affaisse.

— Qu'est-ce qu'il dit? demanda Misayre.

— Il dit... et Baptiste répète : grâce.

— Fora!

Fora : dehors! Où croient-ils être? Cette forge est chrétienne! On y finit le travail entamé! Et chrétien le forgeron! Il respecte qui respecte ses outils, les cavaliers qui soignent leur monture! Eux vont pieds nus? La foi pansera leurs plaies, peut-être. Mais aux chevaux manque l'âme : il leur faut des fers! Fora!

Et jusqu'à la porte Misayre les poursuit de points d'exclamation. C'est là qu'ils s'endorment debout dans le halètement du soufflet, sous l'oblique étreinte du soleil. En eux des souvenirs vagues soulèvent de lointains rideaux de poussière. L'un jadis était pêcheur, et l'autre charpentier. Encore un effort, Jésus, Pierre, et ils comprendraient pourquoi l'artisan s'est pris de colère. Ils n'ont pas la force de cet effort, n'ayant rien avalé depuis la veille, et la veille ce n'était qu'un écureuil chacun, des noix vertes aussi, dont leurs gencives n'ont pas fini de saigner un sang grisâtre.

A présent c'est fait : quatre fers. Le cheval — si c'en est un — s'effarouche de ce poids au bout de ses pattes grêles. Baptiste lui rassure l'encolure, lui prend la bride, lui regarde les naseaux. Sa main y rentrerait, et le pouce. Il tire, l'autre consent à l'ennui de bouger.

« C'est fait », dit l'enfant, et les hommes se raniment. Le barbu (Pierre) déplie les doigts, quatre pièces d'or, une par sabot, est-ce le prix ? Plus, bien plus que le prix, mais Baptiste n'en dit rien, il veut toucher l'or, d'ordinaire c'est à son père que l'on règle.

Il ferme les yeux, s'attend à une brûlure. Elle n'a pas lieu. Seulement quatre rondelles tièdes, clinc, clinc-clinc, clinc. Il les serre dans sa paume, marche avec précaution dans la direction de son père, qui sait si elles ne vont pas lui écarter les phalanges, s'enfuir vers les poutres, ou à terre ? Qui sait si elles ne vont pas s'user par frottement, se dissoudre, et quand il ouvrira la main : fumée.

Marche aussi avec imperceptiblement de lenteur, guettant une modification de lui-même, un accroissement si possible. Mais non. Nul vertige. Il aurait fallu pouvoir les tenir plus longtemps. Il ne peut pas, il est devant Misayre qui déjà revient à l'enclume avec l'ouvrage interrompu. Baptiste ouvre le poing, voici.

« *Rapporte-leur !* » dit Misayre, et il répète (car il n'existait pas tant de mots comme il en existera) répète : « *Ceci est une forge chrétienne !* », puis ajoute : « *Les pèlerins point ne paient. Ceux-là, qu'ils prient pour nous à Compostelle, s'ils veulent. Mais qu'ils ne repassent jamais par chez moi ! Dis-leur.* »

Nul ne s'en doute, ni celui qui les prononce, encore moins celui qui les entend et doit les répéter, et pas même ceux à qui elles doivent être transmises : ces phrases, graines d'apparente amertume, portent pourtant en germe l'immortalité de Misayre, rien de moins.

Chapitre deuxième,

où les visiteurs
dévoilent Leurs identités.

Car ceux vers qui Baptiste court par cet après-midi sans mouches ni lézards, sont — écoutez si vous n'avez déjà entendu — Jésus et Pierre. Jésus le Crucifié et Son Apôtre, Pierre. Glabre Jésus, et Pierre barbu jusqu'au ventre.

Baptiste n'a guère à courir, ils sont encore dans le bourg, n'ont pas encore enfourché leur monture, se disputent à qui le premier. Non comme le commun se dispute, avec des rognures de mots, avec des faces d'apoplexie, mais de la façon suivante, mâchouillant doctement :

— Montez, car je ne saurais le faire avant le Fils de Dieu.

— Monte, car telle est Ma volonté et la Sienne.

— Montez, car malheur au serviteur qui usurpe la place du maître, et très peu pour moi.

— Monte, car il faut que Je sois du plus humble des esclaves le très humble servant.

— Montez, car il est dit Bienheureux les déshérités, et je tiens à en être.

— Monte, car il est dit que Je boirai le calice jusqu'à la lie.

— Montez, car Vous l'avez déjà bu...

Envers et endroit les Deux Testaments se dévideraient, et la carne resterait sans cavalier, si donc Baptiste ne survenait.

Voici ! le bourg est vide, car tous aux champs, fauchant. Voici ! les fenêtres seules voient passer le Christ et l'Apôtre, les voient suspendre leur querelle au clou de la selle quand ils entendent cette course à leurs chausses, les voient trembler. Car la peur les habille et habite, Jésus, Pierre, depuis mille ans et quelques qu'ils sont en route, hélas on leur envoie pierres et meutes plus souvent que du pain.

Les fenêtres seules les voient se presser contre un mur, les voient tenir le cheval entre eux et le danger ; à cela surtout il s'avérait utile : à les dissimuler parfois.

Baptiste se glisse sous le ventre glacé de la bête, Messires, Messires ! Puis, quand il est là entre leurs deux frayeurs : « *Priez pour nous à Compostelle !* » omet-il de répéter le reste, et ferme-t-il violemment les yeux pour ne pas regarder les pièces d'or le quitter quand il lance ses doigts loin de sa paume : « *Mon père n'en veut...* » résume-t-il.

Le barbu a le geste prompt, l'or est déjà retourné dans un trou de son haillon, il ne fallait pas longtemps prier ce saint-là sur le chapitre. Le glabre, lui, bée de stupéfaction : un homme qui refuse salaire, c'est miracle. Et S'inonde de remords : « *Pierre ! Pierre ! Nous n'avons pas béni le bonhomme !* »

Et pour la troisième fois : dans la porte. « *Baptiste, au soufflet !* » crie le père, sans d'abord paraître noter que les pèlerins sont revenus avec l'enfant. Huff, huff-huff, huff, reprend Baptiste, mais il n'a pas l'œil à sa tâche, le feu s'en plaint et Misayre ne va pas tarder.

Trois rides sur le front du père, comme gravées de son propre burin. Des années qu'il est là, forgeant cognant suant sourd, et des pensées jamais pensées lui sont peu à peu montées de l'enclume, peu à peu. Pour l'heure et pour longtemps, elles n'osent pas paraître, bancales qu'elles sont. Elles s'efforcent de se fondre, silencieuses, dans le cercle des autres pensées — les admises — avec elles prient Dieu, de toutes les façons prévues honorent le seigneur du lieu, et se courbent à la ressemblance des socs. Mais trois rides signalent leur présence. Le sang s'en retire quand le métal résiste, ou le monde.

Elles sont blêmes à présent. « *J'avais dit qu'ils ne reviennent pas. Fora !* » et il lève sa masse. Le barbu n'a pas perdu sa prudence, mais le glabre oui semble-t-il, qui s'approche. « *Me reconnais-tu ?* » demande-t-il. « *Tu vas l'apprendre !* » tonne Misayre, cinq pieds six pouces de sueur et de rage.

« *Me reconnais-tu ?* » répète Christ, et sa voix soudain retrouve des dents, emplit la pièce, chasse les rats des poutres, étouffe le feu. Le vent ne portait pas vers les champs, autrement on l'aurait tous entendue — au dire, plus tard, de Misayre.

Son bras retombe, et le soufflet des mains de Baptiste, et le silence.

— Me reconnais-tu ? pour la troisième fois le Crucifié.

Alors Pierre, aboyant d'où il est, de son retrait, du contre-jour :

— Il Vous reconnaît, et Vous a reconnu dès tout à l'heure ! L'animal ! Pourquoi il a repoussé l'or ! Il veut davantage. Sa charité ? Simagrées et grimaces !

— Vrai ? M'avais-tu reconnu ?

— Ni tout à l'heure ni dans l'instant je ne sais qui vous êtes. Mais le barbu oui, reconnu : il est le chien mordant la main qui le nourrit, répond Misayre.

Entre autres choses que le forgeron gardera de ce jour sans hérissons ni glossines : la métaphore du chien. Elle naît de sa colère contre Pierre, contre l'injustice de Pierre. Mais par la suite grondera contre bien d'autres, et contre la justice à l'occasion.

Au moindre sou, au moindre repos qu'on lui demandera, et quand on lui réclamera un vasistas dans un atelier, la construction de douches, droit de parole ou droit de regard, au moindre sou surtout et au moindre mouvement, il saura dire qu'on est les chiens mordant la main qui les nourrit. Jusqu'à la fin de son immortalité il saura.

Dans les siècles des siècles pourtant il fréquentera bien des livres et bien des séminaires colloques symposiums conférences, il apprendra à tisser un discours et à lire avec éloquence ceux qu'il fera écrire, on en entendra de bien des couleurs de l'arc-en-ciel, et plus souvent que les machines, il renouvellera son vocabulaire.

Mais, au fond de son sac, quand il aura sorti tout le reste la dernière phrase sera toujours les chiens que l'on est mordant et cetera. L'inusable formule deviendra sa langue même quand, ne sachant plus quoi, il nous la tirera.

A l'Apôtre pour la première fois cette réponse de Misayre. L'Apôtre dont les joues si possible se creusent encore d'indignation, l'Apôtre qui frotte hystériquement ses tempes pour allumer une étincelle dans son regard blanc, et qui beugle :

— A genoux mécréant ! Et reconnais le Crucifié et le Ressuscité ! Et reconnais qui te parle, Pierre sur qui fut bâtie ta très sainte mère, l'Église ! A genoux !

Ce n'est pas cette voix qui agenouille Misayre, mais l'apparition sur le crâne du glabre d'une couronne d'épines, d'où la sort-il ? Et phosphorescentes soudain, à son flanc, sur ses paumes : les Saintes Plaies. Misayre approche et touche, ainsi qu'avait fait le surnommé Didyme, jadis en Galilée. Purulentes, comme si percées de la veille ! Alors, à l'instar aussi de l'autre, il tombe au sol et dit : « *Mon Seigneur et mon Dieu !* »

Puis : « *A genoux !* » enjoint-il à son fils, mais aussitôt : « *Un siège pour Notre Seigneur !* »

L'enfant se baisse et relève, avance un tabouret, remet genoux en terre. Notre Seigneur enfin, forçant la rouille de Ses rhumatismes, S'assied et soupire :

— Homme, homme...

Et l'on sent qu'Il a beaucoup à dire, mais de poumons guère.

— Qu'est-ce qu'Il dit ? s'inquiète Misayre.

— Rien encore, répond l'enfant, qui n'osera plus demander au Jésus de crier.

Et comme le divin visiteur cherche Son souffle, le forgeron se signe : avec Votre permission, se relève, disparaît.

— Il va quérir chiens et serpes, partons ! supplie Pierre.

— Ne prête pas à autrui de pensers mauvais, on croirait qu'ils sont tiens ! dresse l'index Notre Seigneur, puis Il invite Son compagnon à partager le tabouret.

— Ce n'est pas de refus — n'en attendait pas moins, se masse les reins l'Apôtre.

Le feu se recroqueville, flanche. Dehors le cheval brame, se couche, qui n'a de cheval que le nom. Dedans Baptiste engendre questions et questions, mais les mure entre ses dents.

La famine règne-t-elle au Paradis ? si non, pourquoi ceux-là n'y sont-ils pas restés ? parce que Dieu les en a rejetés ? en tel cas, ce Sauveur famélique dont le cul n'est pas de taille à couvrir seul un tabouret, est-Il toujours Notre Seigneur, mérite-t-Il nos majuscules ? Se rend-Il à Compostelle pour lever une armée avec laquelle reconquérir Sa place à la droite du Père ? et prendrait-on un enfant dans une armée de la sorte ? et aurais-je envie de m'y enrôler ?

Baptiste se gratte les genoux. Dedans et dehors, le temps est d'une paresse extrême, somnole.

Chapitre troisième,

où Misayre se voit
ouvrir un compte au Ciel.

Misayre est à traire une vache, rumine lui aussi des questions. Notre Seigneur dans sa demeure ! Et lui qui chassait ces pèlerins... Notre Seigneur en personne ! Cela a-t-il un sens ? Forcément. Est-ce pour le punir d'un péché ? Mais quel ? Misayre observe les Commandements, un par un. Est-ce pour le récompenser d'un mérite ? Mais Misayre ne s'en connaît pas, ou : ceux de ses semblables, et baste. A moins que, vu du ciel.. Car le Bon Dieu a l'œil, remarque ce que pauvre pécheur on ignore ou néglige de soi-même. Après tout, c'est Sa partie, et Il n'a plus rien d'autre à faire depuis qu'Il a tout fait.

La vache aussi, un point la tracasse : où sont passées les mouches ? Sa queue les cherche.

Enfin Misayre revient, avec le lait, du maïs, un peu de pain, Notre Seigneur mangera bien quelque chose ? « *Pas trop tôt...* » dit Pierre, et il rafle la cruche, la miche, les épis.

Quand ils ont bien bu, léché, sucé, quand ils ont trois fois roté, Notre Seigneur Se rappelle qui Il est, où Il est, constate que le jour a baissé, que le feu davantage encore, et que les deux manants sont toujours à genoux. « *Homme*, dit-Il, *homme...* » Mais l'Esprit Saint semble ne Lui céder les mots qu'à regret. S'Il n'était le Fils de Dieu, Misayre se dirait qu'Il bégaie.

— Homme, tu Nous as donné quatre fers et de quoi manger. Bienheureuses les huches pleines, car elles seront remplies ! Nous te devons paiement. Le veux-tu ici-bas ou dans le Royaume des Cieux ?

— Qu'est-ce qu'Il dit ? s'inquiète Misayre, et Baptiste le lui répète : « *Ici-bas ou dans le Royaume des Cieux ?* »

— Je ne sais pas, dit Misayre.

Tous, on ferait de même : ce sont des temps où trop rares sont les réponses qui ne mènent pas au gibet.

— Bienheureux... commence le Crucifié, et Baptiste en écho... bienheureux les prudents, car un Royaume ou l'autre leur appartiendra.

— Je ne sais pas, s'en tient là Misayre.

— Pardi ! Tu voudras tout ! ricane Pierre : récompense ici-bas, récompense au-delà ! Un escroc ! Seigneur, je les repère au premier coup d'œil.

Mais, lentement, Notre Seigneur lève index et majeur, et Baptiste remarque l'absence d'ongles, et Notre Seigneur propose : « *La poire en deux !* », preuve qu'Il sait un peu le monde, quoi qu'on dise.

— Tu as droit à trois vœux, bonhomme, comme il se fait dans les contes. Mais, variante, tu pourras exiger de les voir satisfaire ici-bas s'il te plaît, au-delà s'il te plaît mieux.

Il ne faut que le temps pour Baptiste de répéter et les phrases bondissent impatiemment de la bouche du forgeron : depuis longtemps ces réponses-ci attendaient des questions à marier.

— Primum, dit Misayre. Primum : si quelqu'un se saisit de mon soufflet, qu'il ne puisse le lâcher sans ma permission. Secundum — poursuit-il de même haleine — secundum : si quelqu'un s'assoit sur mon tabouret, qu'il ne puisse s'en lever sans ma permission.

Dans ce Secundum, l'Apôtre entend menace le concernant et précipitamment quitte le tabouret : il sait son Christ et qu'Il va dire amen ; quand ce sera, mieux vaudra ne pas être à la merci de ce bourgeois hargneux, restons debout jusqu'au partir.

— Tertium — a enchaîné Misayre et souligne-t-il de plus en plus les possessifs — tertium : si quelqu'un monte en mon pommier, qu'il ne puisse en redescendre sans ma permission.

— Ce sont là tes vœux ?

— Il y aurait aussi quartum, quintum, sext...

— Nous avons dit : trois. Les maintiens-tu, ou les modifies-tu ?

— Avec Votre permission, je maintiens : soufflet, tabouret, pommier.

Lors, Notre Seigneur tape des mains, Pierre, Pierre, as-tu entendu comme J'ai ? Notre Seigneur S'égaie et révèle Ses gencives, Pierre, Pierre, une ligne de plus pour nos statistiques ! Celui-ci ne réclame ni pluies d'or ni vaches inextinguibles, ni guérison pour ses défunts ni maladie pour ses voisins, ni été en hiver ni travail sans douleur, ni la paix sur la terre ni un pape chrétien, béni soit-il ! Exaucés soient ses vœux !

— Que dit-Il ? s'inquiète Misayre, et Baptiste abrège : bénédiction, promesse.

Notre Seigneur tape toujours et tape des mains, cet homme décidément Lui plaît, exaucés soient ses vœux, rit-Il dans les aigus, et noue-t-Il bien des liens pour les siècles des siècles. Misayre se le fait dire deux fois :

— Donc, s'il advient que j'agrandisse ma forge et que je loue des bras...

— En vérité, on ne pourra lâcher ses outils sans ta permission.

— Primum. Et s'il advient que je multiplie les feux, les postes...

— En vérité, on ne pourra quitter son siège sans ta permission.

— Secundum. Et, tertium, s'il advient que j'acquière du bien, des champs, et que j'embauche à la saison...

— On ne pourra, en vérité, descendre des arbres sans ta permission.

— Loué sois-Tu, et Qui Te fit !

Notre Seigneur Se mord pensivement la lèvre, est-ce qu'Il ne viendrait pas de faire une boulette... Oh ! et puis à Dieu vat, l'homme paraît benoît, s'il fallait tout prévoir même le pire, quelle barbe !... Notre Seigneur, d'un soupir, renvoie l'aigre pensée, et demande à l'enfant de quoi Se laver les mains.

Cette journée sans coccinelles ni drossines, c'est trop vite qu'elle court à son terme, au gré du forgeron. « *Resterez-Vous coucher ?* » demande Misayre, et prononçant ces mots il a la vision d'une nuit jamais dormie : sa maison pour quelques heures annexe du Paradis, avec aux poutres non plus roussettes et cancrelats, mais Séraphins en robes de brocart ; et l'infinie douceur des doigts de Notre Dame lissant sur tous les fronts les plis de la crainte et du regret ; et chaque chose plus légère, et les étoiles venant sous le plafond comme sous celui d'une grotte de Nativité.

Mais l'acide voix de Pierre ronge, dissout le songe.

— Tu ne détourneras pas le Fils d'aller au Père, apporte-nous plutôt du picotin, c'est le moins que tu doives pour le prix que tu as obtenu, larron !

Et pendant que Misayre nourrit la carne, Baptiste voit Pierre découvrir un jambon, le décrocher, le rouler dans un pan de sa guenille.

Des saints comme celui-là, pense l'enfant, ne devraient pas avoir le droit de quitter leur niche.

— Montre-leur la route, dit Misayre.

Baptiste marche devant. Il entend Notre Seigneur S'étonner : « *D'où vient ceci ?* » Pierre mentir : « *De mes prières.* » Notre Seigneur S'exclamer : « *Loué soit Dieu pour ce jambon aussi ! Mais nous n'avons plus de quoi le mâcher...* » Pierre répliquer : « *Nous le vendrons, achèterons des dents.* » Notre Seigneur S'ébahir : « *Cela s'achète donc ?* » Pierre prophétiser : « *Point encore, mais un jour.* » Notre Seigneur hocher le chef : « *Mais ce jour-là, nous n'aurons plus le jambon...* »

A ce point, l'enfant les laisse, voilà la route et que Dieu les accompagne, Christ et l'Apôtre, car le cheval n'en fera rien, pense-t-il. Heureux s'il les mène aussi loin que Saint-Girens, prochain foirail.

Chapitre quatrième,

où l'on ne croit
ni le vrai ni le faux,
ni aux paroles ni au silence.

A genoux encore on les trouve au soir, Misayre,
son fils. A genoux quoique l'angélus soit depuis
longtemps sonné, prié, chanté.

On s'irrite de son peu de production : et ma
serpe ! et ma faux ! Il grogne qu'il a eu de la
visite. On s'étonne, on sourit : quelle visite puisque chacun était aux champs ? Il met en garde :
impie qui rit de Lui ! La majuscule ne s'entend
pas, on se gausse : pour qui se prend-il, qu'on ne
puisse plus le plaisanter ? pour noble ou pour
clerc ?

Il hésite... mais — Père, Fils ou Saint-Esprit —
nul n'a réclamé le secret. Il se décide donc à
détromper, nomme — avec timidité encore —
ses deux hôtes : Christ et l'Apôtre. Qui le croirait ? Certes pas nous ; railleries de plus belle.
Mais lui persiste, et son fils : si, si, le Jésus
en personne ! On n'en croit pas davantage, mais
par jeu on demande le détail : Misayre a-t-il
par exemple, comme jadis Thomas, exigé
des preuves, voulu toucher les Saintes Plaies,
a-t-il ?

Oui, oui, assure-t-il, touché tout ce qu'il était posible sans dégoût, et Baptiste aussi pour confirmation. Les Évangiles, affirme-t-il, sont véridiques : les Romains L'avaient salement arrangé : mais nos statues erronées : les corbeaux Lui avaient picoré moitié du corps avant la Descente de Croix.

On interroge encore : sait-il si son Christ est allé voir le Comte d'abord, ou d'abord l'Abbé ? Ni l'un ni l'autre, le forgeron secoue le crâne avec fierté : Il ne S'est montré qu'à lui et Baptiste. On s'effare : le Christ a donc perdu toute religion pour négliger nobles et clercs ! On met en garde : blague à part, ce n'est pas une chanson à chanter trop haut.

Il n'en démord, malgré les quolibets. On est épuisés de la journée, on quitte la forge ivres d'avoir souri, inquiets aussi, passablement : demain Misayre reprendra-t-il ses sens, et ses outils avec ?

Hélas, au contraire. « *Je L'ai ferré! Je L'ai ferré!* » clame Misayre quelques jours, courant les rues les prés, sa forge close, confondant tout : le Crucifié, sa monture. « *Je L'ai ferré! Je L'ai ferré!* » Comme au temps des Évangiles le Romain, peut-être, avait clamé, qui mit en croix Notre Seigneur et L'y cloua.

Les rires sont d'abord son escorte, puis on lui jettera des bassines d'eau sale, qu'il se taise, à force Dieu l'entendrait, et gare. Mais inoxydable sa joie, quelques jours.

Soudainement, déchantera. Conviendra que jamais le Christ ne lui est apparu, ni l'Apôtre, ni Leurs Ombres, même en songe. Fol qui l'a cru. Pour en avoir menti, qu'on le punisse ! réclamera-t-il quelques autres jours, courant les rues les champs, sa forge close, déchirant ses lèvres, traînant derrière lui la réticence de son fils, implorant au parvis de l'église et sous les remparts du château.

Le Comte et l'Abbé sont bien aises de ce repentir.

Leurs sourcils se fronçaient à voir le récit sacrilège se répandre comme ortie dans la sérénité de leurs jardins. Le mot bûcher affleurait dans leurs entretiens, ils étaient au bord délicieux de le prononcer.

Ils préfèrent à présent, autre blandice, sucer l'indulgence, son goût de miel. Revenant un soir de chasser, ils méditent et s'accordent : pour ce Misayre amende et bastonnade, trente coups, trente deniers. Les uns seront donnés, les autres seront perçus. Donner et recevoir : double plaisir, secret de l'ordre.

Sur la place du marché, face à la forge, estrade et concours de peuple. Un moins assiste la vigueur du bourreau.

Les rides de Misayre, exsangues. Il monte à l'estrade, considère la place, évite de regarder vers certaine fenêtre. Les actes des pères doivent constituer des lignes droites que les pas des fils puissent suivre et quitter, perdre et rejoindre, s'adonnant à la sinuosité. Les siens, depuis le jour des pèlerins, n'ont été que courbes et replis ; derrière le volet luisent désarroi et mépris de Baptiste.

Misayre verse ce qu'il doit d'écus aux bourses parallèles de l'intendant du château, de l'économe de l'abbaye. Il prononce ce qu'il doit de Pater Noster. Puis défait sa chemise, et redit le remords où il est d'avoir offensé Ciel et Terre par ses menteries. Les verges tombent, *miserere ei*. Il en portera longtemps les marques, bleues et noires, aux épaules, sur les reins. Blason des humbles.

On le relève, on le soutient vers sa demeure. Et c'est alors seulement — quand il vient si publiquement de les nier — qu'on commence de croire aux passages du Christ et de l'Apôtre. C'est alors qu'on se souvient des signes : mouches, murs, menstrues.

Lors des mois qui suivent, on entre souvent chez Misayre, au moindre prétexte ou sans aucun. On se tient là, on contemple, forgeant cognant suant sourd, celui qui a vu Notre Seigneur, qui L'a touché, servi, nourri. On reste là, mains vers le feu, comme si venus pour la chaleur. On s'épouille quelquefois, et on jette les poux à la flamme, rêveurs : au Jugement Dernier, quand Dieu S'épouillera, arrachera de Ses toisons les âmes, qui lui échappera ?

On part, on revient, sans oser de questions. Un jour pourtant, toutes d'un coup : Misayre Lui a-t-il demandé quelque chose ? Pour lui, sa forge, sa famille ? Ou a-t-il parlé pour tous ? Du moulin ? Du four ? Du pressoir ? biens du Comte hors desquels rien ne se doit moudre, cuire, presser — loi du Comte. Est-il chrétien qu'on paye là-dessus aussi l'impôt ? Et qu'a répondu Christ, point par point ?

Misayre naguère qui ne disait pas cinq mots de rang, n'en dit plus la moitié d'un, éclabousse les questions d'étincelles. Puis, comme on insiste, ceci : « *Tu ne prononceras pas en vain le nom de Dieu...* » Ou ceci : « *Tu ne tenteras pas ton prochain.* » Et encore : « *Si je parle, monteras-tu sur l'estrade à ma place ? Offriras-tu au bourreau tes épaules pour les miennes ?* » Et enfin : « *Fora !* »

On sort, on chuchote. Comment connaître le fin de l'histoire ? Un dimanche après vêpres, on croit tenir le moyen. Mais, crainte de Dieu, on n'en parle qu'on ne soit au lundi. Et le matin d'après, on guette Baptiste, fils Misayre.

Il vient de la fontaine, des seaux lui tirent les bras. Pas un cri, les poignes sur son cou. Les seaux versent, roulent. On court jusqu'au bois, l'enfant gigote, se tord, mord le vent. On l'adosse contre un rouvre, et tous autour, en arc. On reprend souffle, il met un bras sur sa bouche.

On ne lui veut aucun mal, comprend-il ? Savoir, seulement savoir ce que Misayre a demandé, et ce que Christ accordé. On n'entend plus les oiseaux, les couteaux s'apeurent aux ceintures. Baptiste considère le lieu : peuplé de loups, et lui seul, au centre, humain.

Un malheur arrive, s'empare d'un couteau, l'appuie sur la gorge de l'enfant, trop fort. Le sang sépare chacun d'avec les autres. On quitte l'opaque de la forêt, on cherche la rivière pour y noyer le péché. Chacun s'y plonge et baigne, plus d'une fois. Puis l'on va à ses devoirs. Le lendemain il se fait une battue pour retrouver l'enfant. Chacun en est, à pas fantomatiques. Et le surlendemain. Aucune trace de Baptiste, sur le rouvre non plus. Dieu l'a pris, ou c'est l'ours.

Les semaines, les mois d'ensuite, on garde ses aînés près de soi. Aux ceintures les couteaux déposent leur rouille. On évite la forge, on se résigne à l'ignorance, après tout peut-être Christ n'a-t-Il rien accordé, ou Misayre rien demandé, homme de peu de foi. C'est deux hivers plus tard que pour la première fois quelqu'un établit l'immortalité de Misayre. Quelqu'un d'ailleurs.

LIVRE DEUX

Le Dit de la faux

Chapitre cinquième,

avec force vent,
tas de neige
et bien des métamorphoses.

Le froid, cet hiver-là, fut tel que le vent lui-même cherchait refuge, errant des semaines dans les ruelles puis, perdant patience devant le manque de compassion, il se jeta contre les portes et les volets, monta sur les toits arracher des ardoises, écarta en ahanant les moellons, prit en Sarrazin les demeures gelées, s'insinua dans les lits entre les ventres joints, et pénétra les épouses d'où naîtraient en juillet, avant terme, des filles brumeuses, improductives, éphémères. Et non content, il courut aux étables faire de même entre taureaux et vaches, lesquelles vêleraient en août, délivrées après terme de génisses sans pis, de veaux déjà castrés.

Cependant il ne se réchauffait pas, assourdissait le bourg de ses gémissements, maudissait le vain métier d'être vent, secouait furieusement ses épaules blanches, et la neige était glace avant d'atteindre les planchers ou les pavés. Il s'enfuyait affolé, sifflant, se multipliait, se divisait, lassant ici des jambes, lançant ailleurs des bras, s'engouffrait au clocher, sonnait des glas inouïs, dévalait au chœur par les cordes, dévastait l'autel n'épargnant que la Sainte Eucharistie, grimpait en chaire, prêchait hérésies fumeuses, se précipitait dans la nef, s'exaspérait contre le marbre impavide des saints, effaçait l'empreinte des prières humaines, inscrivant les incompréhensibles versets de la sienne dans le même temps où il osait ce que personne depuis longtemps — ni de Toulouse et ni de Carcassonne : s'attaquer à la tour du château, et l'enlevait au premier assaut, dégringolant de tous les créneaux, roulant des sentinelles déjà raides dans les escaliers, les poussant dans les salles seigneuriales, excitant les feux pour aussitôt après les moucher, s'asseyant mais à peine, malgré les invites du Comte qui agitait pour drapeau blanc la traîne d'un hennin et proposait de négocier, cédait ses fiefs de Lordat et d'Orgeix, mais Massat était hors de question, tempête ou non !

Le vent ne l'écoutait pas, ne l'entendait pas, bondissait, cognait sa douleur aux murs, griffait des graffitis antiques, fendait les trappes, ouvrait l'huis des oubliettes, semait partout leur pestilence, amplifiait les murmures d'Antoine agonisant, baron d'Orlu emprisonné là depuis deux lustres et dont le corps n'était plus qu'un insecte dans l'araignée de sa chevelure.

Et tout soudain le vent renonça. Il rassembla ses membres, quitta Fouïch, non sans fracasser encore d'une queue de sa frayeur quelques vantaux, ceux notamment de la forge, vomissant encore des amas de neige.

« *Aux pelles !* » crie Misayre. « *Aux pelles, Baptiste !* », car Misayre n'a pas laissé le nom périr avec son aîné, en a rebaptisé le cadet.

Accourt ce cadet, naguère Adelin. Il s'accroche en secret à ces trois syllabes, A-DE-LIN, les ressassant de nuit de jour, Adelin, mon nom est Adelin. Il ne voudrait pas se trouver dépourvu d'identité si son frère revenait le diable sait d'où lui réclamer le nom de Baptiste. Or ce temps sera, ses cauchemars le lui prétendent, veille comme somme.

A la troisième pelletée apparaissent des sandales, quelques orteils. A la quatrième les jambes, mollets gras et velus. Les cuisses ensuite, de même complexion. Et d'un seul coup la tête émerge, entraînant le torse. Jambes, cuisses, tête et torse d'homme.

L'homme se met debout d'une roulage, s'ébroue, sourit : « *Merci l'ami !* » Il est rond, vigoureux, fossettes et muscles dans la force de l'âge. Il a les cheveux ras, les yeux plissés, les bras courts. Pour tout vêtement : les sandales déjà dites et une tunique brune, d'un drap très mince, de surcroît sans manches. Il ne semble pourtant nullement souffir du froid.

Tout en se mettant debout, s'ébrouant, souriant, il regarde autour de lui : une forge dirait-on. Non inscrite au programme, mais l'homme n'est pas du genre qui refuse l'imprévu. « *Autant vaut ce bourgeois qu'un autre* », conclut-il après avoir regardé encore, et mentalement jaugé, toisé, pesé, emballé, étiqueté, stocké, escompté, vendu, soldé, toutes choses visibes et prévisibles. « *Guère de choses, il ne fera pas trop d'embarras.* »

Puis, s'approchant de Misayre et portant la voix comme s'il savait de longue date sa surdité :

— Me reconnais-tu ?

Qu'en peut penser Misayre ? Que Notre Seigneur a dû passer le mot à Ses parents et courtisans ici-bas et là-haut, recommander l'escale de Fouïch, l'hospitalité du forgeron. Pourquoi aussitôt il ordonne à son fils :

— Baptiste, un tabouret, une miche et du lait !

Adelin traîne des pieds. Voilà encore un visiteur peu ordinaire, mais à quoi bon se mettre en frais si c'est pour ensuite devoir se taire ou passer sous les verges ?

— Me reconnais-tu ? répète le déneigé.

— Pèlerin ? risque Misayre, mais pense : et si c'était Dieu Soi-même, ou le Roi d'Aragon, à défaut ?

— Pèlerin ? En un sens...

L'idée multiplie les fossettes sur les joues de l'homme. La miche et le lait davantage encore. Misayre guette s'il va roter. Point. Dieu Soi-même, ou alors : l'Innommable ?

L'homme se masse le ventre.

— Toujours pas ?

Puis il passe derrière Misayre, lui souffle dans l'oreille une haleine de glace :

— Personne jamais ne veut me reconnaître.

Puérilité, car à la fin des fins... Mais toi, tu as l'excuse, bonhomme, qu'il me manque l'attribut...

Il saisit une pelle, boitille vers la neige, creuse. Adelin de même. Et c'est l'enfant qui le premier voit... Baptiste s'agenouille, tend la main, effleure sous la neige un autre froid, terrible. L'homme lui immobilise le bras, « *Laisse, petit* ». Et il dégage lui-même, manche puis fer, une faux.

— Je fais aussi le rémouleur, propose aussitôt ses services Misayre : l'instrument, dans les congères ne peut qu'avoir perdu de son tranchant.

L'homme est guilleret, ce n'est pas tous les jours ; il sourit. Délicieux comme en sa présence certains sont inventifs ! Admirable la diversité des ruses qu'ils déploient pour gagner du temps !

Il recule de quelques pas, se plante jambes écartées, le bras droit tendu sur le côté, tenant sa faux de façon à former avec son flanc un triangle des plus significatif. Dans le souci de mettre encore mieux sur la piste, il ramène sur sa gauche la corde qui lui tient lieu de ceinture et lors, satisfait de sa posture, demande :

— Cette fois, me reconnais-tu ?

— Saint Jean-Baptiste ? avance Misayre, mais sans conviction.

L'homme hoche la tête, désappointé : on ne l'accepte que maigre, où qu'il aille ; à ses autres apparences on se dérobe. C'est pitié que de devoir toujours fournir le même cliché, mais puisqu'on veut, fournissons !

Il paraît maintenant s'absorber en lui-même avec gravité, se congestionne, marmonnant les phonèmes cabalistiques d'un compte à rebours, et voici qu'il se met à grandir, sa chair à fondre, ses cheveux à tomber, ses yeux à s'enfoncer ; et quand il n'est plus qu'os et orbites, avec quelque vraisemblance il annonce :

— Je suis La Mort, bonhomme, venue sonner ton heure.

Chapitre sixième,

où La Mort trouve un emploi
mais perd une proie.

Misayre se signe et contresigne. Aux poutres plus un rat ne bouge, plus un cancrelat, pas un termite.

Seul l'enfant Adelin ne paraît pas impressionné par la visiteuse. Il considère La Mort avec ennui : quel équipement ! l'outil le plus fruste, quand il aurait attendu d'elle un déploiement d'éclairs, des volutes asphyxiantes, des engrenages odoriférants, que sais-je. Au lieu qu'elle se contente de reproduire l'image qui traîne d'elle un peu partout. Considérable déception. Devant cette figure de rhétorique, Adelin ne tremble que par convenance.

Plus un rat. Ou à peine la queue d'un, parkinsonien. La Mort braque ses orbites incandescentes sur le forgeron :

— Viens-tu, ou faut-il la faux ?

Plus un rat. Misayre rameute ce qu'il sait de prières, entame Notre Père. Au beau milieu, *fiat volontas tua*, il se souvient qu'il a au Ciel un capital dont les intérêts courent. Primum.

Secundum. Tertium. Accordé, avait dit Notre Seigneur. Primum était le soufflet.

Pour la treizième fois Misayre se signe, puis ose :

— Un instant, La Dame, s'il vous plaît. Je veux laisser la forge en état, que Baptiste ici présent ne conserve nulle amertume envers son père. Permets que je rallume le feu, permets-tu ?

— Je permets, dit La Mort, qui n'est pas sans faiblesse à l'époque, et notamment souffre de son impopularité.

Et La Mort patiente tandis que Misayre et son fils cherchent sous la neige un fagot de bois resté sec. Il s'en trouve un. Ils en rallument le feu, qui ne fait à La Mort ni chaud ni froid. Elle s'enquiert, avec courtois mouvement des poignets, s'il est possible désormais de partir, car l'hiver vois-tu elle a du pain sur la planche.

— Un instant de plus, réclame Misayre. Le feu n'est que nourrisson, il lui faut encore du bois. Maintiens-le s'il te plaît, le temps que nous apportions de quoi.

Et disant, il tend à La Mort le soufflet. Elle, timide, émue comme vierge à sa noce : d'ordinaire on n'espère rien d'elle.

— Je ne saurai pas, dit-elle.

Mais déjà ils sont loin dans la grange, Misayre, son fils. Lors, elle pose sa faux, consacre au soufflet ses deux mains. Son geste est mal assuré, qu'on ne lui jette pas la pierre, La Mort en est à sa première rencontre avec une contradiction principale. Voilà qu'on lui a confié de garder vie à quelque chose.

A son étonnement, elle trouve plaisir à ranimer ce tremblement fauve qu'ils appellent feu. Nous ne sommes pas toujours faits pour ce que nous faisons, moralité.

A l'écart, l'enfant tire la manche à son père :
— Si nous filions ?
— La Mort vous rattrape toujours.
— Si je la tuais ?
Et il agite une bûche. Misayre se prend à rire, tuer La Mort ! Voilà bien d'un enfant !
— On ne tue pas ce qui est déjà de l'autre côté.
— Ainsi : elle somme, et vous la suivez ?
Le mépris de ce Baptiste aussi. Misayre lui touche le front.
— Peut-être pas, pour le coup.
Et ses lèvres, à mots tus, rappellent à Notre Seigneur les vœux, le contrat. Primum : que personne ne puisse lâcher son soufflet sans son autorisation. Écoute-t-Il ?

Retour de Misayre avec bûches, d'Adelin pareillement.
— Partons à présent, dit La Mort, soudain lasse.
— Point encore, répond Misayre.

Mais il doute : et s'il y avait autant de trous dans la mémoire du Christ qu'à Son manteau ?

— Cela dure par trop, s'impatiente La Mort.

— Et durera tant que je voudrai — mains sur les hanches, brutalement, se risque Misayre.

— Meure ton feu ! crache La Mort à qui l'on ne parle pas sur ce ton.

Mais voici : elle ne peut lâcher le soufflet. Et de rien ne lui sert qu'elle se torde en tous sens, qu'elle retrouve et perde ses apparences, qu'elle disparaisse ou flamboie, qu'elle s'accroisse ou rapetisse... Toujours à ses mains le soufflet.

Adelin s'étonne, et chacun, rats, cancrelats, roussettes.

Misayre murmure à Dieu grand merci, puis s'assoit au tabouret où naguère Christ et Pierre. Il laisse La Mort à sa transe un moment, puis :

— Il faudra repasser, dit-il. Je ne suis pas disposé à te suivre pour l'heure. Je voudrais connaître le printemps et les blés prochains.

— Délivre-moi, pleure La Mort et l'eau de ses larmes ronge, dissout la neige. Délivre-moi, bonhomme, et je t'accorde jusqu'au prochain hiver.

— Sur tous les trépassés ?

— Sur tous les trépassés.

— Soit, dit Misayre et le soufflet tombe.

Le forgeron se prend à rire, c'est son tort. La Mort, d'un seul coup d'un seul, fauche Adelin, il n'était pas dans le marché. Et s'enfuit.

— Baptiste ! hurle Misayre.

Chapitre septième,

truffé de chevaliers.

Fermer sa forge. Se chausser d'allégresse. Courir les rues. Et clamer jusqu'à ce que nul n'en ignore : « *Celle qui toujours triomphe, moi, j'en ai triomphé, ô gué !* »... C'est ce que ferait Misayre sans doute si La Mort ne lui avait pris Baptiste, le préféré de ses fils depuis qu'il avait perdu son préféré.

Et tant le ferait-il que Comte comme Abbé auraient à froncer les sourcils pour décréter cette fois bien pire que trente coups de verge et trente deniers. Ils n'auront pas : Misayre ne court pas les rues.

Une année coule, un autre hiver passe, part sans se retourner. Et sans que La Mort se montre. Misayre ne se plaint pas du retard, il lui faut apprendre le métier au troisième de ses fils, et cela ne se fait pas d'un clin d'œil. Sur les registres ce fils troisième était Robin ; mais dans la forge : Baptiste, comme avant lui Baptiste et Adelin. Il diffère du premier par sa taille, d'échalas ; du deuxième, parce qu'il ne se soucie pas de retenir ou d'oublier son nom de baptême, qu'on l'appelle comme on voudra pourvu qu'on l'appelle, ce qu'il aime c'est la compagnie.

Misayre lui dit le feu et les pierres ; lui dit le four, explique le pourquoi le comment de sa cheminée et de ses autres orifices, le trou par où passer le soufflet, le trou par où s'évacuent les cendres ; lui dit la disposition alternée des couches de minerai et de charbon de bois, leur mariage, le fer qui en résulte ; puis... Robin danse d'un pied sur l'autre, tourne la tête en tout sens, les cours de métallurgie l'ennuient, fabriquer : quelle corvée ! Il veut vendre, c'est là qu'on voit du monde, et du beau.

Puis le printemps sautille, pieds nus, et dresse le lit de l'été. Sur le foirail, les archers du Comte trompettent, avis : joutes et fêtes pour la Saint-Jean ! Après quoi ils plongent leurs gants dans les paniers de cerises, restituant poliment les noyaux en mots allemands ou italiens, le Comte les a ramenés de Croisade, avec la gloire.

On perd l'Abbé, d'un carême trop strict ; on en attend un autre, sans pécher par impatience. Le feu ronfle, et les affaires. Autour de l'établi les chevaliers font le pied de grue. Ils ont des ambitions, des exigences ; davantage que d'espèces. Ils font sonner si fort les unes et les autres aux oreilles mi-closes de Misayre qu'il croit entendre les tierces lui tomber à l'escarcelle.

A celui-ci il faut une dague nouvelle, attention : damasquinée ! Qu'entend-t-il par là ? Avec un motif, un dessin, des filets d'or et d'argent, bref : à la façon des Arabes ! D'or et d'argent ? par exemple, et comment font-ils, vos Arabes, pour incruster l'or dans le fer? Ah ça! les histoires d'ouvrier, tu m'excuses mais...

A celui-là il faut la masse d'armes exactement qu'il a vu, au siège d'Acre, manier par Filippino della Robbaia, sacré gaillard. Il décrit vaguement et démerde-toi. Cet autre, qui en a toujours après quelque dragon, voudrait un bouclier ignifugé. Ce quatrième attend pour un heaume dernier cri.

En ce temps-là Misayre, quoiqu'il feigne et geigne, n'aime rien tant comme les défis techniques, se régale des problèmes. Si, avant lui, un homme a trouvé une solution, il trouvera aussi. Et si pas un, il n'essaiera pas moins. D'où vient qu'il apprécie chez les nobles ce qu'il y méprise aussi : ils n'ont aucune idée de la matière, de ses pièges, mystères, ressources ; et donc, parfois, ils exigent ingénus l'impossible, l'impensé, l'inconnu.

L'enfant Robin aussi pense aux chevaliers. « *Sans nous, que seraient-ils ?* » La réponse qu'il se donne : « *Des trous pour les lances de leurs ennemis ; des socles pour les corbeaux des remparts.* » N'empêche : échangerait sa place avec la leur, d'abord pour ceci que sans cesse ils se déplacent. Ah! tirer pays! Robin suivrait qui voudrait, même le chasseur de dragons.

Le premier chevalier reçoit la dague, rien à voir avec Damas, hélas. Le deuxième est mécontent de la masse, la prétend trop lourde puis, pesée, prétend la balance faussée, chipote sur le prix, le diable l'emporte. Le troisième, histoire de vérifier les vertus de l'écu, demande qu on le bombarde de brandons, allez-y ! père et fils, puis, ravi du test, promet pour paiement la patte avant gauche du monstre, sous peu. Le quatrième s'assoit au tabouret, qu'on lui passe le heaume. Il rabat la visière, et quand il la relève, La Mort est de retour, hors saison.

— Ne pose pas la question, dit Misayre sans s'émouvoir. Oui, je te reconnais.

Et d'un geste vif il pousse Robin dehors ; il retient les leçons, n'a plus d'autre fils à qui donner le nom de Baptiste.

— Tu me reconnais ? Fort bien ! En route cette fois, sourit La Mort — et pour plus de sécurité, sinon de cohérence, une faux jaillit au poing de cette imposture de chevalier.

— Cette fois ? traîne la voix Misayre et gagne-t-il du temps qu'il offre, muettement, à Notre Seigneur, prière d'en user pour Se souvenir de Secundum : si-quelqu'un-s'assoit-au-tabouret...

— Cette fois ! s'agace d'avoir à répéter, mais garde le sourire La Mort.

— Cette fois non plus, dit Misayre, croisant les doigts.

La Mort sursaute, se regarde les mains, méfiante. Mais non, pas de soufflet qu'elles auraient saisi par stupide inadvertance. Le sourire lui revient, on va même rire si le bonhomme espère un second miracle.

— Comment cela : non ? susurre-t-elle.

— Comme ceci, répondit-il simplement : non.

Et là-dessus, fait mine de repartir vaquer à ses travaux.

Nouvelle transe, flamboiements et blasphèmes. Peine perdue : La Mort ne peut quitter le tabouret, ainsi que l'avait Christ certifié. Elle doit promettre à Misayre un sursis supplémentaire, car il a — par ta faute — encore un Baptiste à former, et qu'il voudrait aussi agrandir la forge, on dit qu'en Allemagne les fourneaux sont hauts comme trois hommes, toi qui circules tu dois savoir cela ?

— Dans un an ! annonce La Mort, et ses yeux furètent pour un fils à faucher. Point n'en voit, elle s'éclipse. Mesquine, sans payer le heaume.

Elle rôdera sans doute encore quelque temps dans le Comté car les joutes de la Saint-Jean seront anormalement meurtrières, six chevaliers portés en terre. Dont l'un foudroyé par sa propre masse d'armes, neuve ; n'est pas Della Robbaia qui veut.

Chapitre huitième,

*qui aurait dû constituer
la fin de l'histoire,
mais qui présage
une histoire sans fin...*

Et l'été ruisselle. Tout le monde aux pommiers, Misayre sur le sien. Femme et enfants autour de l'arbre avec les paniers d'osier, l'envie de croquer, l'interdiction, l'odeur sûre, des mouches grosses comme des phalanges, un soleil sans pardon.

On n'a pas jusqu'ici parlé de femmes, voici qu'on doit. De l'épouse et des filles. L'épouse est Elisa, sans plainte, que Dieu nous la garde telle. Elle fait ce qu'il convient, connaît les bornes. Les filles sont trois près de Robin, dernier des Baptiste. Laquelle est Marie ? Laquelle Marthe ? Laquelle Jeanne ? Le forgeron ne sait : ce sont les filles, point. Qu'il faudrait marier avant que L'Autre ne revienne, songe-t-il du haut de l'arbre.

Du haut de l'arbre il les regarde, les filles, l'épouse, Baptiste. Et la vaste plaine, et le bourg qui s'étire. Cela est bon. Dieu est bon, à Ses heures, mais qui ne sont pas les plus longues.

La femme Misayre monte à l'échelle.

— Que viens-tu faire ? s'étonne Misayre, mais il sait.

La femme ne dit rien avant d'être au faîte, d'avoir rassemblé ses jupes et de s'être installée au creux des branches.

— Te chercher ! le regarde-t-elle enfin, et lui présente-t-elle l'immuable visage de La Mort.

— Si tôt ?

— Tu vois.

— L'année n'a pas passé, et tu avais promis...

— Promesse sous contrainte. Non avenue. Et cette fois ni soufflet magique ni tabouret enchanté, tu m'appartiens sans délai.

— Portes-en le deuil ! Pas davantage aujourd'hui que naguère ! persifle Misayre, sautant de l'arbre, priant Notre Seigneur d'être à l'écoute et de ne pas oublier le Tertium, relatif au-pommier-et-à-ceux-qui-voudraient-y-grimper...

Notre Seigneur, Dieu merci, Se souvient, l'exauce, suspendant à titre provisoire la loi de la gravitation universelle : La Mort a beau s'élancer pour suivre Misayre à terre, elle ne choit.

— Médite là-dessus, dit le forgeron, qui s'en retourne avec enfants paniers et fruits, avec aussi, lui poignant le cœur, la perte secrète de l'épouse.

Plusieurs jours et de loin, les femmes du bourg commentent l'arbre. Que fait là Elisa, épouse Misayre ? Pour quelle faute son mari a-t-il inventé ce châtiment ? Elles regardent les leurs avec défiance, s'écartent des vergers.

La Mort mange les quelques pommes de reste, puis ne laisse en branche feuille, injuriant corneilles et passereaux quand ils élisent pour perchoir la sécheresse de ses clavicules.

La Mort mâche et remâche les trognons de sa rancœur : comment se venger du bonhomme ? comment aussi se délivrer de l'obsession où elle est, de se venger ?

Elle passe et repasse en revue les formes de trépas déjà expérimentées, laquelle serait la plus appropriée à l'insolent ? Elle feuillette, fébrile, le catalogue des prototypes de l'avenir, lequel inaugurer sur lui ? L'embarras du choix.

Mais une pensée vient à la traverse... Soufflet, tabouret, pommier, trois tours que le forgeron sort de son sac. Combien d'autres a-t-il en réserve ? Peut-être aucun, selon la règle des contes, peut-être cent, selon la règle qui veut des exceptions aux règles.

En vérité, ce Misayre aurait-il plus de mille cordes à son arc qu'elle en viendrait à bout, pas d'exemple du contraire. Certes. Mais elle ne veut pas risquer nouvelle humiliante échappatoire : si le bruit se répandait, diffamatoire, que La Mort vous fait crédit pour peu qu'on sache le lui demander, elle ne finirait pas d'en voir ! Et gâché serait le métier. Lequel est harassant déjà, on n'a pas idée. Ah s'il fallait à tous les huis venir cogner deux fois avant de pouvoir emporter le morceau, merci bien, elle rendrait à qui de droit son suaire.

Ainsi, sur un pommier perchée, La Mort se creuse-t-elle infiniment les méninges.

Misayre ne revient au pommier qu'avec la pluie d'octobre.

— As-tu médité ton saoul ? demande-t-il.

— Assurément, répond-elle.

— Combien me laisses-tu avant que te revoir ?

— Combien voudrais-tu ?

— Une année véritable, La Dame, je vous prie. Le fils est à former encore, les filles à marier, la forge à modifier.

— Regarde-moi, dit-elle, et cette fois nul sourire. Je vais te dire ce qu'aucun homme jamais ne m'a entendue dire. Misayre, Misayre ! Pour t'être par trois fois dérobé à moi, tu ne me verras plus venir !

Cela dit, La Mort tombe, se défait de l'apparence d'Elisa femme Misayre — où, à l'instant, se révèlent lombrics, helminthes et asticots — et sous celle d'un levraut s'enfuit rattraper le manque à gagner, considérable : quatre longues semaines d'arrêt de travail.

Une dernière fois pourtant elle repasse près du bonhomme. Pour bien en graver les traits sur les faces internes de ses pariétaux et ne pas, plus tard, le faucher par mégarde. Car telle sera de La Mort la vengeance : s'abstenir de vengeance. Immortel sera Mizayre ! A jamais privé du repos d'être fauché.

Le forgeron ne prend pas garde aux faux ni au

vrai départ de l'Ennemie. Il met de l'ordre derrière elle. A la hache il fend son pommier, n'en espérant plus de fruit. Puis, à la pelle, ensevelit l'épouse.

LIVRE TROIS

Le Dit des sorcières

Chapitre neuvième,

où Misayre gravit une montagne en quête d'une réponse.

Au sud-est de Fouïch, à peut-être deux lieues de toute habitation, est un carrefour qu'avec une scrupuleuse platitude on se borne à nommer Trimouns, pour ne pas s'effrayer soi-même. En plein midi il y traîne encore des lambeaux de nuit, et des plaintes captives suintent des pierres.

De Trimouns partent, comme de juste, trois sentes vers trois montagnes, le Pic Soulayrac, le Mont Fourcat, le Roc del Pounchut. Toutes trois sont réputées n'être que d'arides royaumes ophidiens. Sur chacune d'elles pourtant vit une vieille dit-on, sorcière il va sans dire, qui, chaque demi-lune, descend de sa hauteur.

C'est à Trimouns rituellement que ce jour-là elles se rejoignent pour ensemble aller ramasser sur les seuils de Fouïch et de sa campagne les vœux inconfessables qu'on leur murmure de derrière les portes, sur les rebords de fenêtre les clandestines offrandes dont elles s'amadoueront, qui sait ; et pour ensemble y déposer les remèdes

65

ou maléfices qu'on leur a commandés la quinzaine d'avant.

A la triple et chronique exception des sorcières, qui passe par Trimouns ? De loin en loin
un égaré, un exclu ou un désespéré, on ne les
revoit jamais. Cette fois, au carrefour se présente
Misayre qui n'est rien de tout cela, mais noué
d'amertume et de perplexité.

Misayre prend au hasard, vers le Roc del
Pounchut. Une sorcière en vaut une autre, sans
doute, pour la question qu'il veut poser. Devant
l'impatience de son bâton, les vipères fuient, le
guident.

Montant, il ressasse les conditionnels qui ont
poussé comme surgeons sur le pommier tandis
qu'il le hachait, sciait, déracinait... Mieux aurait
valu ne pas montrer tant de piété le jour des
pèlerins, s'en tenir aux rapports marchands,
accepter les florins et bon vent ! Le Christ alors
n'aurait pas cru devoir Se faire reconnaître, et
n'aurait pas bâté Misayre du fardeau de Sa
bonté. il n'aurait pas prononcé : « *Exaucés soient
tes vœux !* », Sa divine bénédiction n'aurait pas
engendré perte sur perte ! Deux Baptiste défunts,
dont l'un sans sépulture. Plus une épouse. Sans
compter l'arbre. Moralité : qu'il en coûte cher de
faire de Dieu son obligé.

— Condoléances, dit l'hôtesse du Roc. Sa voix
est d'une enfant, cristalline et gouailleuse.

Elle se tient à l'entrée d'une grotte. N'apparaît

66

d'elle qu'une luxuriante pluie de cheveux roux, qui cascadent jusqu'à terre et d'où semblent naître les plus proches broussailles, l'ondoiement des vipères.

Misayre n'a jamais fréquenté cette engeance-là, ne sait pas se conduire avec, s'il faut leur faire génuflexion ou quoi que ce soit. Il dénoue de ses reins l'offrande qu'il a prévue et qui ne devrait pas déplaire : une marmite de cuivre avec anse *et* poignées.

— Merci, dit la voix, c'est trois fois trop, littéralement. Tu veux de l'écoute, c'est ça ?

— Mais aussi des réponses.

— Raconte toujours, soupire la voix.

Quand on est incapable d'attendre la demi-lune et qu'elles aient leur réunion à Trimouns, quand hors période on voudrait leur intervention et qu'on grimpe les déranger — elle ou l'une de ses semblables — elle sait par cœur ce qu'on a à leur débiter, bavardages sans âge : histoires de chapardages-brigandages-pillages, ou bien de badinages-dévergondages-cocuages ; par cœur les sortilèges qu'on exige : carnages, héritages, veuvages, ou pucelages.

Et il y a pire que ces raseurs ! De loin pire : les benêts de paladins qui chassent la sorcière ou la chimère pour la gloire de figurer au générique d'une saga quelconque, qui arrivent ici casqués, lancés, étincelants, sans un faux pli sur leur bannière, qui font six ou sept moulinets impec-

cables avec leur épée de gala, mais qui s'évanouissent au premier petit doigt levé et leurs
immaculés destriers les ramènent en plaine
enfler les légendes, attiser les haines, nourrir les
vocations.

Mais cet importun-ci — surprise ! — lui épargne les jérémiades comme les rodomontades. Il
ne cherche ni à l'atteindre ni à l'attendrir. De
plus, raconte de l'irraconté. Raconte son après-
midi sans mouches, son délire et son châtiment,
son Baptiste enlevé, et pas un gémissement. Oh !
certes ! à mi-parcours il se penche, se déhanche,
se tord, pour tenter de distinguer qui écoute sous
cette pluie rousse si mince et si dense. Mais tous
le font. Et il poursuit sans fanfaronner son récit
par le très venteux hiver, la joute désastreuse.
Enfin il en arrive à ce qui le travaille, à la
dernière visite de La Mort, peut-il vraiment
dire : la dernière ?

— Est-il possible qu'elle ne vienne plus ? précise-t-il.

— Pourquoi ne poses-tu pas ta question aux
prêtres ? essaie d'éluder la voix.

— Parce qu'ils n'en savent pas si long, à
preuve qu'ils n'ont pas voulu que j'aie vu Christ
et Son Pierre.

Les vipères vont et vaquent, attendent l'heure
invincible du verdict et du venin.

Misayre redemande, est-il possible que La
Mort renonce ? La sorcière se tait. Il insiste.

Alors — prévenance exceptionnelle — elle avoue ne pouvoir fournir qu'un tiers de vérité.

— Autant dire : un plein mensonge, souligne-t-elle, espérant qu'il va trouver inutile de rester, qu'il va s'enfuir, échapper à l'intangible issue.

Mais lui : un tiers ? comment cela, un tiers ? Tous pareils, à vouloir voir et savoir.

— Le tiers du milieu, répond-elle résignée.

— Où sont les autres ?

Et voilà qu'il faut expliquer. Qu'elle n'est que Gina. Que le tiers initial, Claudia le détient, sur le Pic Soulayrac. Que le tiers final, Sophia, sur le Mont Fourcat. Un tiers chacune.

— Et de tout ainsi, et de tout ainsi...

La voix se fendille, se brise, exhale un tel soupir que les cheveux s'écartent enfin et leur écart dénonce à la fois la nudité d'une toute jeune fille et son inachèvement : le front n'est guère plus large que le tranchant d'un sabre ; le nez sans narines ne sépare que l'absence des yeux ; les lèvres sans commissures ne se fendent que par nostalgie des joues ; le cou ne repose que sur le regret des épaules ; la poitrine se réduit à l'entre-seins ; le ventre à d'étroits et verticaux faubourgs du nombril ; la vulve seule est entière, mais son orgueil ne surplombe que des faces internes de cuisses, de genoux et de jambes ; et les deux gros orteils résument les pieds.

Cela dure moins que le temps pour Misayre de battre des cils, pourtant la voix énonce avec chagrin :

— Hélas ! Tu as vu ce que nul ne doit. Je ne peux que te livrer aux sifflements.

Les vipères vibrent, s'élancent, enlacent les membres de Misayre, convergent, qui vers les aisselles et qui vers l'aine.

Chapitre dixième,

presque entièrement phagocyté
par les malheurs
d'une certaine Selma.

Soixante-dix-sept morsures. On défaillerait à moins. Misayre défaille. On noircirait, on se boursouflerait. Misayre noircit, se boursoufle. On mourrait, tant qu'à faire. Misayre survivra.

La sorcière Gina s'en attribuera le miracle. En toute bonne foi, car, pour guérir le bonhomme, elle a plus que déployé les ressources de l'art : elle en a violé les règles, s'impliquant au risque et au point de ne plus mériter le titre de thérapeute.

A peine avait-elle envoyé ses serpents à leur sifflant office qu'un doute l'avait effleurée : et si sous ce prétendu forgeron se cachait le prince tant attendu ? Elle les avait rappelés. Trop tard. Mais à peine avaient-ils craché leur venin que, de sa parcelle de cervelle, elle avait élaboré des formules de sérums, de vaccins, d'antidotes.

Elle avait trouvé ensuite un restant d'énergie dans ce qui avait été l'ombre de ses mains pour, petit a, cueillir, mettre à cuire dans une marmite d'eau bouillante, touiller, laisser mijoter, pistils de bourdaine et périanthes de passiflore, feuilles de triolet, étamines de presle ; pour, petit b, une à une arracher, hacher, piler, faire revenir à feu doux, les langues bifides de ses trop zélés compagnons ; pour, petit c, tirer à l'aveuglette ce que le ciel avait bien voulu offrir à ses flèches comme hirondelles, cailles, oies sauvages ou passereaux, en compter six d'abattus à ses pieds, leur extirper le cœur, le jeter aussi palpitant que possible dans le bouillon ; pour, petit d-e-f-g-h..., saupoudrer d'autant d'ingrédients animaux et végétaux que l'homme compte d'organes et de fonctions ; pour, petit x, ajouter à la décoction une mèche de sa rousseur ; pour, y, enduire du tout le corps de l'envenimé, pore après pore ; pour, grand Z, patienter près de lui sur ce lit de virgules à flanc de montagne que constituaient ses serpents privés de langue, alanguis.

Sous ses cheveux en moustiquaire un tiers de sorcière couve un forgeron demi-mort. Voix de velours, gestes de miel, elle berce le comateux d'une chanson jusqu'à lui tue.

Il était une fois la plus belle des princesses
Qui se méfiait des rimes en esse
Et ne voulait d'ailleurs rimer à rien
Poil aux chiens

Son nom n'était pas Gina
Pas Claudia, pas Sophia,
Nenni son nom c'était Selma

Si belle était Selma et si belle la rumeur de Selma
Que ventre à terre accouraient les prétendants
Moelle aux dents

Par milliers, galants d'Écosse et galants d'Arabie,
Venus des monts des mers et des veilles,
Ou revenus de tout
Sauf de Vénus

Sur la place du palais à n'en plus finir
En d'implorants impératifs
En de subjugués subjonctifs
Tous louaient l'ourlé des oreilles de Selma

(Louaient aussi des couvertures car il faisait fris-
    quet)

Louaient, louaient l'ourlé
Sur leurs ukulélés
Louaient galbes et globes
En grillant leurs brochettes aux braseros
Mis à disposition par le père soi-même de Selma
Le Roi Lancelasse
Plein aux as

Le soleil monte et descend aux échelles du
jour. Le récit roule ses anneaux tendres autour
de Misayre nu qui rêve. Rêve qu'il attend, au
coude d'une rivière, l'impossible passage d'une
barque en fer.

Ça vraiment Lancelasse il s'était mis en quatre
Avis placards et trompes, portraits à l'huile à l'eau

Pour que par l'univers chacun sût la nature
De sa progéniture

Père chéri ! le chérissait Selma
Elle savait trop de filles, les pauvres !
Que leurs papas celaient planquaient
Noires histoires
De clés de trous de chaînes de voiles et de verrous

Tandis qu'elle
Privilégiée pucelle
Pouvait soir et matin
Avec ou sans hennin
S'exhiber au balcon
Tant pis pour les rimes en con

Sous tant d'appas
C'était l'émeute en bas
Les plus élégants des galants
Ne mettaient plus de gant
Se le jetaient

Joutes joutes joutes jusqu'à des minuits passés
Tant il se dressait de lances et tant il s'en rompait
Elle en avait Selma les yeux cernés

Fille chérie ! la chérissait le Roi et se réjouissait-il
Du nombre des postulants
Plus il en arrivait
Et plus la noce s'éloignait

Car le Roi Lancelasse hélas
Ne voulait pas dire à l'hymen amen
Père pareil aux autres
Mais pire pervers

74

Emprisonnant sa fille d'une foule
Invisibles barreaux

Ah si Selma l'eût su
Elle se donnait au premier venu
Ah si Selma l'eût su

La lune paraît et disparaît aux fenêtres de la nuit. Le récit roule ses anneaux tendres autour de Misayre nu qui rêve. Rêve qu'il accompagne, du haut d'une montagne, l'impossible envol d'un oiseau en acier.

Mais Selma ne savait pas
Et réclamait aux preux des preuves
De leur bravoure
Parce qu'enfin les certificats
Ça se trafique se truque se troque
On ne la lui ferait pas

Avis tambours et trompes
Silence sur la place
Le Roi Lancelasse
Dicta le règlement

Article un Aurait sa fille
Celui qui
Voile au marquis
Couperait douze hydres en très fines rondelles
Assaisonnerait à l'estragon dix-huit dragons
Expédierait ad patres en pieds paquets franco de
    port

Le Monstre du Loch Ness le Sphynx et Belphégor
Le Golem M le Maudit Caliban le Minotaure
Harpies Vampires Succubes et Centaures
Et le Chien bien sûr des Baskerville
Avec les Cloches de Corneville
Le tout sans faute avant mardi midi
Le cachet de la poste faisant foi
Article trois

Mais celui qui
Toile kaki
Ferait chou blanc
On le raccourcirait sensiblement
Décapités les dépités
Article cent
Ainsi parla le Roi
Patatras

L'aube lève et soulève les rideaux du matin. Le récit roule ses anneaux tendres autour de Misayre nu qui rêve. Rêve d'un voyage inconcevable, dans une maison en fer, sur un chemin de fer.

Pauvre Selma pauvre princesse
S'abandonnant aux rimes en esse
Dégringolant d'allégresse
En tristesse
On désertait son pince-fesses

Un par un les galants
Annulaient locations et louanges

Ne déclaraient plus leur flamme
Mais forfait

Le Roi riait riait
Sa fille lui lançait des noms en asse
Et j'en passe

Un par un les prétendants
Remballaient leur brosse à dents
Un par un par un par un par un
Sauf un

Cet un
Piquant des deux
Vers les périls
Comment s'appelait-il

Il emporta de Selma les vœux le cœur la vie et le
     mouchoir
Elle n'en savait pas plus, n'avait même pas pu voir
De quoi il avait l'air, s'il n'était pas bossu ou noir
Pour comble de déboire

>   *Pauvre Selma pieuse princesse*
>   *Sans cesse en messe ou à confesse*
>   *Dieu s.v.p. ne me laissez pas choir*
>   *Filez à mon champion la victoire*
>   *Même s'il est borgne manchot et noir*
>
>   *Là-dessus : le week-end*

Midi darde et bombarde. Le récit roule ses anneaux tendres autour de Misayre nu qui rêve. Rêve qu'il est à son four et dispose pour aide d'un impensable forgeron en fer.

*Au courrier du lundi pas de nouvelles mauvaises
   nouvelles
Or le Roi avait dit
Dernier délai mardi midi
Selma voyait d'ici
Qu'elle était bonne
Pour finir nonne
Poêle à madone*

*Mais le mardi troua la nuit
Au grand galop avec le type en selle
Qui traînait derrière lui sanglante kyrielle
Ogres et monstres trophées et scalps oreilles et
   queues
L'assortiment requis*

*Les ai-je bien descendus
Demanda le héros d'un geste fourbu*

*Fort bien, convint Lancelasse
Après minutieux examen des carcasses
Rien ne manquait, chapeau
Figuraient même en prime Moby Dick et Iago
Bravissimo*

*Flattait-il rusait-il et tergiversait-il
Pour ne pas appeler Selma
Et dire Allez en joie*

*Reste une épreuve avant la noce
Tricha le Roi et improvisa-t-il
Oh trois fois rien, pas de quoi fouetter un os*

Bafouilla-t-il et se prit-il la métaphore dans les
   pieds du refoulé
Pour un pareil foudre de guerre bagatelle et forma-
   lité
Flagorna-t-il et poussa-t-il le héros
Après tant de travaux à prendre du repos

Sous la poussé
L'autre chut
De sommeil à terre
Et la nuit aussi
Tomba

Roc del Pounchut la lune va croissant vers sa moitié, voici le temps de descendre à Trimouns. Le lit de reptiles glisse au flanc de la montagne, mais la sorcière pour autant n'arrête pas d'enrouler tendrement les anneaux du récit autour de Misayre nu qui rêve. Rêve qu'il descend avec sa fièvre d'incroyables escaliers de mercure.

   Au réveil
   Le héros vit merveille
   Le palais au travail
   Pour préparer les épousailles

Nuage de farine et de fleur d'oranger cris caval-
cades ordres contrordres
   Et la gaieté des marmitons plantant des mirli-
tons sur le sommet des pièces montées
   Et des bancs de notaires jabotant disputant
enrubannés de clauses enguirlandés d'alinéas

Et les gifles des duègnes incendiant l'insolence
des joues d'enfants de chœur
Et les troubadours accordant leur vielles sur les
margelles des puits-d'amour
Et de minutieux coiffeurs passant au fer à friser
les queues des cochons de lait
Et d'âcres diacres au saut du fiacre boutonnant
en courant leur soutane
Et des volées de cloches à vous percer les ouïes
des ouailles et les tympans des cathédrales
Et l'air avec son air déjà d'être pompette embau-
mant l'ail le vin et la poudre de riz

Alors radieux
Le héros se fit la raie bien au milieu

Le Roi survint ganté de frais
Qui rafraîchit du fiancé la mémoire
Reste un détail comme je vous disais
Un tout petit dernier obstacle
Avant le tabernacle

S'agissait, tradition familiale,
D'ouvrir un coffre un peu spécial
Il renfermait la clef de la chambre nuptiale
A coups d'épée l'ouvrir ? supputa le héros
Dans le chou aussi il en avait. Compliments dit le
  Roi

Mais le héros ça le tracassait
Où donc était la fiancée
Douce Selma belle princesse
Elle manquait tant soit peu à la liesse

Patience dit le Roi
Frappez ouvrez vous la verrez

On apporta le coffre, de plomb, étroit
Eût-il été en bois
Qu'on eût dit sur un seuil
Un cercueil.

Lors le héros brandit très haut sa rapière
Et baissa très bas les paupières

Aye! Aye! Aye!
Pauvre Selma pauvre princesse
Qui n'a deviné sa détresse?
Le Roi son père l'avait enfermée là de nuit
Après l'avoir d'un sirop endormie

Aye et aye!
Le héros ne fut pas maladroit
Le coffre fendu en trois
Perdit son sang
Selma perdit la vie
La vie perdit son sens
Le héros perdit l'esprit
Quand le père dit
Tu la voulais tu l'as

Avis tambours et trompes
Huit jours le Roi pleura
Pauvre Selma pauvres princesses
Qui seraient trois dans l'au-delà
Sans sa tendresse sans ses caresses

— C'est ainsi que je suis Gina.
— Que je suis Claudia.

— Que je suis Sophia.

— Car nous sommes Selma.

— Es-tu, toi, celui que nous attendons depuis si longtemps ?

Au carrefour de Trimouns, trois sorcières se penchent ensemble sur Misayre nu de qui un à un se dénouent les anneaux du récit et de la maladie.

Chapitre onzième,

où bien des espoirs sont déçus.

Le Temps est cet enfant têtu, désastreux, qui joue à remplir les ravins en y lançant des pierres, mais chacun de ses jets, leur ricochet, leur écho, creusent l'abîme un peu plus.

Ravinés de la sorte sont les trois visages que les sorcières penchent vers Misayre. Le forgeron est surpris de ces apparitions, il croit n'avoir fait que pousser un soupir et n'être que l'instant d'après l'instant où devant lui les cheveux d'une sorcière unique se sont entrebâillés sur un tiers de jeunesse.

— D'où vient... ? murmure-t-il.

D'une voix et de trois bouches, elles explique.

— Tel sont les destin que nous fit mon père pour avoir voulu le quitter. Tantôt je demeure celle que je fus au soir de mes noces de sang, tantôt nous portons les cent ans écoulés depuis. Tantôt nous sommes jeune mais morte, tantôt vivantes mais décrépites. Tantôt je suis mutilée, tantôt multipliées. Tantôt nous en savons très long sur presque tout, tantôt je ne connais que le tiers de pas grand-chose. Tantôt et tantôt... Et ce balancement ne prendra fin que si le fiancé nous revient, qui me délaissa. Tels est mon sorts ; en mesures-tu l'infortune ?

— Je mesure, dit poliment Misayre. Mais la mienne, pourriez-vous m'indiquer de quoi elle est faite ?

D'aucune de ses six oreilles elle ne veulent encore écouter sa question ; elle réitèrent la leur : le bonhomme fut-il jamais le prétendant puis le champion puis le fiancé d'une Selma, princesse de son état ?

— Que je me souvienne : non, répond du bout des dents, prudent, Misayre.

Par acquit de conscience, elle le palpent de leurs mains écailleuses, cherchant Dieu sait quelle trace, quel indice, de celui qu'elles ont jadis entrevu, fier, étincelant, éclipsant jusqu'au soleil de son éclat. Hélas : peau de rustre, celle-ci ; jamais brocart ne l'effleura.

Le long des arêtes nasales des trois sorcières, des bulles grises se forment, se dilatent, crèvent : c'est l'idée qu'elles se font des larmes.

La demi-lune, là-haut, de son hamac, s'étonne de leur retard sur l'horaire bimensuel : elles devraient être à Fouïch déjà, à faire leurs livraisons et prendre leurs commandes. Gare au jour, ce gendarme, s'il les surprend en pleine ville.

Quoi de pire qu'un faux espoir ? Mais, lentement, Gina, Claudia, Sophia, s'apaise, il ne leur sourd plus de bulles. Misayre rappelle son problème, c'est au sujet de La Mort, est-il possible qu'elle ne vienne plus le chercher ? Les sorcières sursaute, tu veux dire : est-ce qu'on peut ne pas mourir ? Il rectifie : est-ce que je peux ne pas mourir ? On, je, c'est pareil disent-elle, et les voilà prise de frissons, à crépiter des membres, selon l'idée qu'elle se font du rire.

Tous les mêmes, tous comme elle, à vouloir vivre, survivre, revivre. Non, non, bonhomme, La Mort vient, viendra, est toujours venue. Nulle proie qu'elle ne débusque. La Mort a trouvé le Christ sur sa croix, les Rois sous leur couronne, et la pauvre Selma dans son coffre. N'espère pas que La Mort t'oublie, quoi qu'elle t'ait dit, la faux est son outil, et faux sont tous ses dires.

Gina est des plus fâchée par la naïveté de son protégé : lui qui parle, sait-il qu'il n'aurait plus jamais eu le loisir de parler sans elle et sa médecine ? sans elle, sa science et sa patience ? L'imbécile heureux ! Et lui qui se prend pour Trompe-La-Mort, veut-il goûter de cette fiole qu'elle porte à la ceinture, rien qu'une goutte ? Bougre d'âne !

Misayre fait excuse, il ne voulait pas fâcher ces dames ; simplement — comme il a déjà eu l'avantage de l'exposer — il n'est pas sans avoir plusieurs fois rencontré la personne en question, et la dernière fois elle lui a dit...

Bourrique, il y tient ! Il ne veut pas se laisser dessiller ! Eh bien ! serrons ça de plus près. Donc, La Mort aurait dit...

— « *Tu ne me verras plus venir* », voilà ce qu'elle a dit.

— En propres termes ?

— Mot pour mot

Pauvre alors, pauvre de toi, gémissent les sorcières. Et elles agite des gestes squameux autour de lui, et elle sautent sur le plus sibyllin des pieds, et elles exhale des bouffées d'ésotérisme, misère de toi Misayre.

La demi-lune s'inquiète, ces trois créatures vont manquer à leurs devoirs, non mais regardez-les-moi danser, ce forgeron leur a tourné la tête. Elle leur enverrait bien une pluie pour rappel à l'ordre, mais dans tout le ciel pas un nuage à crever.

Misayre court autour du cercle bondissant des sorcières, il faut lui en dire plus s'il vous plaît, mes dames. « *Préfère l'ignorance !* » bêlent-elle. Mais il ne préfère pas, tous les mêmes. Alors il faut s'asseoir, et expliquer.

De tous les trépas possibles, celui de Misayre sera le plus terrible. La Mort viendra parbleu, mais invisible. Songe ni présage, rien ne l'annoncera. Il ne jouira pas d'une de ces longues et charitables maladies qui permettent de voir l'Ennemie approcher, pas à pas. Tel est le sens de la phrase, dit Sophia.

Et ceci encore. Le moment où La Mort le frappera, lui ne comprendra qu'après que c'était son dernier : quand, brutalement chassée du corps, nue de prières, sans nulle part de place de retenue, son âme se retrouvera flotter dans l'informe infini et commencera de se débattre dans l'entre-deux. Entre l'absence et le reflet, entre l'arbre et l'écorce, entre le silence et l'écho, entre l'envers et l'endroit, entre le rejet et le regret, entre la chaise et le séant. Tel est le sens de la phrase, dit Claudia.

Et ceci en outre. L'âme de Misayre n'abordera peut-être jamais à quelque rive que ce soit, car La Mort l'aura surprise précisément à l'un de ces inévitables instants où elle n'aura pas eu Dieu à la pensée, et dans ce cas Il vous ôte des Siennes, œil pour œil, on sait ça. A quelques âmes la chose arrive ; c'est elles dont la nuit les grimaces vertes luisent entre les croix des cimetières ; elles qu'on entend supplier dans la plainte des arbres ; elles qui ne trouvant de repos, mortes, tentent de reconquérir un corps vif ; elles qui guettent, d'entre les dents des belettes et des roussettes, le bleu des veines sur les cous d'enfant. Elles qui attendent sur des montagnes sèches d'oublieux fiancés. Tel est le sens de la phrase, dit Gina.

— Tu appartiendras à cette horde-là, la nôtre — disent Selma.

Une illusion est une plaie. Sur celles de Misayre sans désemparer les trois vieilles appliquent les baumes détersifs de leurs propos désenchantés, encore et encore jusqu'à ce que sagesse lui revienne et lui fasse dire :

— Je mourrai donc.

— A la bonne heure ! l'approuvent-elle. Et de soupirer, ah que n'est-il celui qu'il n'est pas...

Mais le forgeron ne s'en tient pas là, c'est ce qu'il y a d'épuisant avec les vivants : ils agissent comme si tout était négociable, amendable, transformable.

— La suite, demande Misayre, est-ce qu'il n'y a pas moyen d'y couper ?

— Sûrement, concèdent-elle.

— Oh si vous le connaissez, confiez-le-moi ! et vous aurez autant de marmites qu'en voudrez.

— Laisse ta chaudronnerie. Fais-nous plutôt...

— Ce qu'il vous plaira.

Elles hésite, se consultent du regard derrière l'épais rideau de leurs cararactes, osent.

— Fais-nous la promesse plutôt, que partout où tu iras de par le monde, toujours tu t'enquerras d'un preux qui aurait accompli des prodiges pour les beaux yeux de Selma, fille jadis du roi Lancelasse.

— Sur ma forge et mon Baptiste, je le jure.

— Quand tu l'auras trouvé, dis-lui où je suis et que nous l'attendons — ajoutent-elle car en vérité chez les sorcières également une illusion est une sangsue.

— Sur ma forge et mon Baptiste, je le lui dirai — fait serment Misayre. A vous maintenant de m'apprendre...

Mais, goujat, surgit le jour, brisant l'échange, effaçant la demi-lune. Les trois vieilles fuient, chacune par son sentier, chacune vers sa cime, remettant à quinzaine la livraison des onguents, le ramassage des commandes.

On leur en voudra, ou on les oubliera. Rancune ou négligence, à quelque temps de là c'est par un fort vent de noroît qu'on choisira d'allumer au sud de Fouïch un feu de détritus. Il bondira vers Trimouns, prendra comme étoupe les broussailles du Mont, du Pic et du Roc. Dans les nuages de fumée au-dessus des trois montagnes, certains prétendront reconnaître les silhouettes de nos sorcières coutumières. N'importe : évaporées ou calcinées, on se sera — bien avancés ! — mis dans l'embarras d'avoir à leur inventer des remplaçantes.

LIVRE QUATRE

Le Dit de la cage
et des caisses

Chapitre douzième,

*où l'on préférerait
ne plus voir Misayre
et où Misayre tâche
de voir l'Invisible.*

Le forgeron est revenu, on l'a retrouvé qui
dormait nu dans un chemin creux. On l'a vêtu,
on l'a ramené et on l'a plaint, entre hommes : le
veuvage, on a beau dire, ça vous secoue son gars.

Mais, on a regret de le dire, on aimerait bien
avoir un autre forgeron. Celui-ci a contre lui,
d'abord, le tort qu'on lui a fait, ce Baptiste
enchaîné dans la forêt... Et aussi : qu'on ne peut
pas compter dessus. Un prétexte ou un autre,
sans prévenir il ferme sa forge et vous bat la
campagne. Si le Comte n'était derechef en Croisade il y mettrait bon ordre.

Sur les foires on en parle à droite à gauche,
appuyés aux comptoirs des échoppes, attablés
dans la brume des cabarets, vilains cherchent
forgeron même novice, neurasthéniques s'abstenir. On aligne les arguments, les chiffres : tout
bien pesé — besoins des guerres, besoins du
bourg, besoins des champs — il y aurait du
travail pour deux forges à Fouïch. Ce qui manque c'est un bon ouvrier avec, pour s'établir, du
bon argent.

On rencontre l'un, on rencontre l'autre, rarement ensemble. L'ouvrier est chez un maître, l'argent chez un banquier. Le premier, son maître le laisserait partir, contre indemnité de formation ; mais le second, son banquier ne le lâchera pas, le réservant à l'achat de blé, étant donné pardonnez-nous compères la conjoncture, de disette.

On ne nous dit pas toujours non d'emblée, et l'on croit parfois toucher au but. Las ! A peine un projet se forme-t-il que l'auteur en disparaît ou se désiste, accident maladie ou même bonne fortune. On n'est pas grand clerc mais on flaire du démon là-derrière. Et on évite, de plus belle, d'avoir affaire à Misayre. C'est à son fils qu'on commande et qu'on règle, et pour le reste bonjour-bonsoir.

Bien qu'on ne sait qui le protège, Misayre n'en mène pas large. La journée à cogner forger suer sourd et muet. Ensuite : assis le dos toujours contre le même angle abrupt du mur et de la nuit, chaque jambe en triangle vers le rugueux sommet d'un genou, les mains berçant l'inquiétude du sexe, à se demander d'où viendra l'Invisible, d'où jaillira sa faux. Du Levant ? Du Ponant ? Du plancher, sous lequel enfouies dans le remugle du bétail ? Du grenier, au-dessus duquel cachées par l'énigme des étoiles ?

Des mois durant, à dévisager l'ombre. De loin en loin Marie Marthe ou Jeanne, l'une de ses filles vient poser un linge humide sur son front, lui fait remontrance, l'incite à la prière. Il l'entend qui regrimpe au lit, de loin en loin, et qui chuchote aux autres : « *Il faut que notre père soit un grand pécheur pour que pareillement le sommeil le fuie.* » Les justes dorment, chacun sait, et l'insomnie est un échantillon d'Enfer. Il entend aussi la cadette demander où court le sommeil quand il nous fuit.

Prier ? Misayre en prend le pli permanent, de matines et laudes à vêpres et complies. Entre les offices il arrive qu'on l'aperçoive aux angles des rues, sous les niches, qui parle aux Saints en confidence, et à Notre Dame surtout.

O Noble Reine, prie Misayre. Faites que Votre Fils ait de nouveau Son cheval à ferrer. Et, d'où qu'Il soit, faites qu'Il veuille le mener jusqu'à ma forge, malgré l'Apôtre qui en médira.

O Noble Reine. Si Votre Fils n'a plus Sa carne et plus besoin de fers, faites pourtant qu'Il repasse. Dans l'état qu'Il pourra. Avec ou sans dents, avec ou sans cheveux, avec ou sans écus. Flanqué, s'Il veut, de Son Pierre de chien. Qu'Il repasse je Vous prie et promets cette fois de n'en dire mot à quiconque, sur la vie du Baptiste qu'il me reste.

O Noble Reine. Si Votre Fils est crucifié quelque part et ne peut repasser, faites pourtant qu'Il Se souvienne de moi et des bontés qu'Il a déversées sur mon logis. Dont je Lui sais gré le plus grand. Et dont je Lui saurais un plus grand encore s'Il voulait bien les reprendre et les répandre sur plus digne que moi.

O Noble Reine. Faites que Votre Fils efface Sa visite et ce qui s'ensuivit. Qu'Il annule Primum, Secundum, Tertium, les délais et les deuils. Qu'Il rende vie à mes deux fils, à mon épouse, à mon pommier. Ou, si c'est trop demander, à l'un au moins des Baptiste — l'errant de préférence à l'enterré — car leur cadet a du vent dans le crâne et aux talons, s'en ira.

O Noble Reine. Mon nom est Misayre, qui Vous vénère.

Et de couvrir les statuettes de Notre Dame de plus de parures et de joyaux que jamais n'en arbora la plus provocante des ribaudes ; et de déposer à leurs pieds pour faire bon poids : lingots, boulons, écrous, inédites offrandes.

Des mois et des mois sur ce mode. A fuir le sommeil autant que le sommeil le fuit. Advient pourtant qu'ils se croisent. En d'imperceptibles moments, diurnes le plus souvent, les paupières du forgeron battent et se ferment. Même alors, un guetteur en lui scrute les matériaux et les chairs, s'efforçant de dépasser les apparences des choses et des êtres pour déceler — stigmates ou prémices — la présence de La Mort.

Oh ! il ne s'attend pas qu'elle lui rejoue les gras voyageurs surgissant du blizzard en sandales, ni les chevaliers en mal de heaume, ni les épouses grimpant aux arbres fruitiers. L'Ennemie pourrait se masquer de tant et tant d'aspects ! Le monde, plus on y puise plus il s'emplit.

96

Ainsi... Deux fillettes se glissent dans la forge. Main dans la main, les joues rouges d'oser entrer dans ce vacarme d'hommes, elles avancent. Misayre les reconnaît, ou à peu près ; l'une doit être de Rouby, l'autre une Alzieu. Mais jamais auparavant elles n'étaient venues. Qui dit que ce n'est pas, dédoublée, l'Invisible ?

Il raffermit sa prise sur la masse qu'il maniait quand elles sont apparues, entame une patenôtre. L'Ennemie ne vaincra pas sans dommage, n'emmènera pas un impie.

Mais les fillettes repartent, comme des moineaux, on ne sait où. Il relâche sa prise. Pour aussitôt remarquer quelque chose qui n'était pas là avant leur venue : une pomme de pin desséchée. Ah ! l'Ennemie, la voilà donc ! Il demeure un long moment avant d'en approcher, un long moment avant de la toucher, un long moment avant de la saisir, de la jeter à la flamme. Mais, à la seconde précise où pour lancer sa main s'ouvre : « *Ne t'ouvre pas !* » pense-t-il. « *Rattrapela !* » pense-t-il, « *Elle n'attendait que ça, ton geste et l'âtre, l'énergie du feu !* » pense-t-il. Trop tard : craquement du bois sous la chaleur. Mais rien : ce n'était vraiment qu'une pomme de pin desséchée.

Tant veut-il y voir clair qu'il s'aveugle, conclusion.

Ainsi... un autre jour c'est Doumens qui entre. Le bourrelier. Qui entre comme il fait cent fois le mois, même à présent. Il aime regarder les gestes du métallurgiste. Ne s'en sent pas les épaules, les reins ni le souffle, mais justement.

Cent fois le mois. Or cette cent unième il semble à Misayre que les traits de Doumens sont — comment dire ? — par trop identiques à eux-mêmes. Nez, bouche, front, c'est Doumens ; mais comme en cire. Voilà, voilà l'Ennemie !

Il ne la quitte pas des yeux, oui c'est elle ! qui s'approche sous l'apparence de l'artisan. Au plus vite Misayre marmonne *adveniat regnum tuum.* Et soudain pense : « *Trop tard ! Ce n'est pas Doumens, ce sont ses poules entrées derrière lui et que tu as perdues de vue ! Sens déjà sur tes mollets leurs becs te picorer !* » Pourtant non, fantasme. Comme cent fois le mois, le bourrelier repart, et sa caquetante escorte.

Ainsi de suite. Rien ni personne ne peut se dérober aux soupçons de Misayre. Ni l'arbre foudroyé ni le brouet dans l'écuelle. Ni les inconnus, ni les familiers. Il craint les nuits de lune et les nuits sans, craint le soir aux cheveux dénoués, mais tout autant le plein midi, sa nuque rase. Craint la chèvre stérile, craint la poule pondeuse. Craint et cetera l'éparpillement de la pluie, la scintillante esquive de la truite, le cru et le cuit, l'acide et l'onctueux, la salive du désir, les incisives du regret. Craint la crainte. Bientôt chacun doit rester à trois pas de lui, son fils Robin surtout, dont il commence à se demander si vraiment il a nom Baptiste.

Il n'accomplit qu'avec répugnance les gestes de sa tâche, multiplie les jours de jeûne, s'abstient obstinément du commerce charnel des femmes, même de Marthe Marie et Jeanne, ses filles pourtant.

Si possible il ne laisserait plus son corps entrer en contact qu'avec le sol, l'air et l'eau. Et si c'était imaginable imaginerait de ne plus boire, respirer, ni marcher.

A défaut Misayre entreprend un beau jour de se construire — d'acier, de cuivre et de plomb — une cage.

Chapitre treizième,

*où il apparaît qu'un fantasme
peut en révéler
beaucoup d'autres.*

Avec l'idée de la cage s'ouvre l'ère des pièges tendus par Misayre à La Mort pour qu'elle se montre à lui.

— Approche un peu, Baptiste.

Le forgeron se reconnaît chaque jour un peu moins dans ce fils que le fer n'intéresse pas ; il soupçonne chaque jour davantage que voilà, voilà l'Ennemie !

— Approche, mais oui.

Robin ne comprend pas, hésite, d'habitude il faut se tenir à distance ou, vlan, le martinet ; et brusquement...

— Si, viens.

Ah bon.

— Ton père va construire une cage. Qu'en dis-tu ?

Trop bien. Tout dépend : qui sera le prisonnier ?

Et donc Misayre, pour appâter l'Autre et la débusquer de son déguisement puéril, en long en large expose son projet à ce douteux Baptiste.

Non sans dévider en lui-même Ave Pater Miserere inlassablement, prières montées en boucle.

Et donc Robin à côté de lui écoute arriver le moment d'où le fouet lui dégringolera dessus. Existe-t-il des prières qui protègent les enfants contre leurs parents ? On ne les lui a pas apprises.

Soit une enceinte constituée de barreaux. Soit, entre ces barreaux, un espace si mince qu'il ne faudra pas compter y insinuer, lame courbe, la moindre faux.

— Qu'en dis-tu ?

Trop rien. Qui aurait pareille idée ?

Verticalement la cage ira du sol au plafond ; horizontalement de l'âtre à l'enclume, de l'établi aux bacs et bains. Ton père — qu'en dis-tu ? — y sera clos avec son ouvrage.

— Moi aussi ?

— A ton avis ?

— Ce ne serait pas le plus commode pour traiter avec les fournisseurs et la clientèle.

— Fora ! Tu seras dehors ! Toi ! Ta sœur ! Tout le monde ! C'est pour ça, la cage ! Pour que je vous voie venir ! Le monde ! Tes sœurs ! Toi ! Et La Dame !

Robin ne demande pas quelle Dame, rentre les épaules, bande les abdominaux : il va pleuvoir des coups, aussi sûr que son nom est Baptiste.

Mais fausse alerte. Partie remise.

La cage — tu m'écoutes ? — comportera, çà et

là (impossibles à ouvrir autrement que de l'intérieur) quelques trappes fenêtres ou guichets qui libéreront des tiroirs aux diverses dimensions du nécessaire : l'un pour les vivres, le deuxième pour les minerais, d'autres pour les bûches, pour les bassines d'eau, pour le charbon de bois...

— N'y aura-t-il pas de porte ?

— Tu en voudrais une ?

— Autrement comment prendre livraison des armures, par exemple ?

Il y aura une porte, certes. Pour les travaux d'un peu de volume. Mais porte — je t'en préviens ! et tes sœurs ! et le monde ! et La Dame ! — porte au mécanisme particulier. Porte qui sera comme une cage dans la cage. Avec en son centre un axe vertical, ne pouvant tourner que dans un sens. Sur l'axe, tous les cinq pouces, des barres formant croix, et déterminant donc quatre compartiments. Lorsqu'on poussera ces barres, l'axe tournera, et chaque compartiment alternativement permettra d'accéder de l'intérieur à l'extérieur. Mais l'inverse sera impossible : en direction de l'intérieur, chaque barre viendra croiser les dents d'une scie, chaque compartiment projetterait son occupant contre un mur-mâchoire. On pourra donc sortir de la cage, mais pas y rentrer. Qu'en dis-tu ?

— Trop rien. Qui voudrait y pénétrer ?

Voilà, voilà comment l'Ennemie ruse ! Ah Gina ! Ah Claudia ! Ah Sophia ! si vous étiez encore sur vos montagnes, vous diriez au pauvre Misayre comment faire tomber ce masque. Hélas ! Mais Vous, Noble Reine et Mère de Dieu !

Qu'il Vous plaise m'envoyer sans tarder Votre Fils ! ne Le laissez pas Vous désobéir !

Et toi, Baptiste, prête-moi la main. Tiens-moi ci, tiens-moi ça. Plus haut. Moins à droite. Et apporte une paillasse, installe-la près du feu, c'est là que ton père dormira pour l'avenir, s'il dort et si l'avenir existe. Et trouve-moi un chien, qu'il goûte avant moi le manger. Qu'en dis-tu ?

— Que c'est gâcher la nourriture. Je ferai le chien, s'il vous en faut.

— Et si l'on m'empoisonne ? Qu'en dis-tu ?

— Trop rien. Qui voudrait ?

Voilà comment... Ah ! La Dame fait bien l'enfant. Elle feint ? Feignons. Et tire-moi ci, pousse-moi ça. Instructions, précautions. Robin court en tous sens. La cage s'érige.

On se cogne le nez sur l'entrée de la forge. « *Travaux pour transformation* ». Nouveau prétexte, nouvelle clôture, pour nos serpettes il faudra repasser. Au Diable ce faouré, ce faivre, ce forgeron, grogne-t-on.

— L'affaire d'une petite semaine, nous crie le fils Misayre à travers le vantail.

D'une longue quinzaine, en vérité. Un après-midi on apprend la réouverture, ruée vers la forge ; et quand on a eu vu, ruée vers les tavernes pour éclairer à la cervoise les questions soulevées.

Tout Fouïch bruit de la cage. Parmi les femmes, l'hypothèse la plus répandue est que Misayre se punit ainsi (et fait bien) du sort qu'il infligea à sa femme Elisa : ce mois sur un arbre, dont elle est morte. Parmi les hommes, on ne sait que croire, mais plutôt le pire.

— Jusqu'à quand comptes-tu rester dedans? revient-on voir, crie-t-on du seuil à ce prisonnier de lui-même.

Il ne répond pas, sinon par des triangles, des serpents, des étoiles, rébus qu'il grave minuscules sur tous les fers qu'il se remet à produire, sur les merlins, les herminettes, les doleaux, les doloires, les cognées. Dont on répugne à se servir, dans l'actuel état des choses.

Il n'est d'innovation qui n'excite les fantaisies. Un bateleur de passage entend parler de l'encagé, lui fait visite, admire l'édifice, lance une offre.

— Qui es-tu? crie Misayre.

— Montreur d'ours, crie l'autre.

— Et après?

— Pour mon commerce, je suis preneur. Combien ta cage?

— Je ne l'ai pas construite pour m'en séparer.

L'autre se tait un instant, évalue l'objection, en extrait une idée dont il s'illumine:

— Qui parle de t'en séparer? Contenant, contenu, je veux du tout; avec le feu, les marteaux, le soufflet, le gosse, tout le tremblement. Un plancher et quatre roues là-dessous, mon ours pour vous tirer: attraction absolument hors pair, je vois d'ici les affaires d'or, de Sicile en Silésie, de Bretagne aux Carpathes, jusqu'en Babylonie.

— Et jusqu'à Carcassonne ? demande Robin, pour qui c'est le bout du monde.

— Nourris, logés, et un pour cent du chiffre d'affaires ? Disons deux ?

— Merci, décline Misayre, mais j'attends quelqu'une.

— Oh ! Père ! Pourquoi ? dérêve Robin.

Une autre fois, tel chevalier dont nous tairons le nom. Il glisse un nez entre les barreaux, s'en repent, quels effluves ! Une bauge ! Dont le sanglier là-bas s'agite hirsute près de l'âtre, de telle façon qu'il semble tirer de sa hure même des langues, des boules et des herses de feu.

Ce noble, lui aussi, achèterait la cage. Mais vide. Pour y clore sa dame quand il est de sortie. Il déclare son enthousiasme pour les avantages de la machine sur la ceinture à laquelle de coutume il a recours :

— Avec cette porte, l'amant s'il entrait ce serait démembré, déchiqueté, dépecé ! Et l'épouse, si elle découchait, ne pourrait revenir, se dénoncerait infidèle ! Mais aussi : ton engin ne pèse guère plus qu'un soupçon, ma mie n'en aurait pas le ventre déformé comme par ces ferrures et serrures qu'à regret quand je pars je lui inflige. Elle en serait plus aimable à mon retour, et m'en aimerait mieux ! Loué sois-tu Misayre.

Il ne tarit pas, promet au forgeron de lui faire de la réclame, préconise l'embauche d'un trouvère qui mette l'article en chanson, prophétise des amateurs par légions, verse des arrhes, remercie, loue encore, et court porter l'heureuse nouvelle à la dame de ses dépenses, sans avoir laissé à Misayre l'espace ni le temps de dire non.

On n'en peut plus, on veut en avoir le cœur net : notre forgeron habite une cage, mais qui habite notre forgeron ? En grognant on l'a envoyé au Diable ; et s'il y était allé ? Dans le doute on s'adresse en haut lieu. Le Comte étant toujours croisé, à l'Abbé.

On tombe bien, dit-il à la délégation de bourgeois. On tombe même à pic : vient d'arriver au prieuré, en provenance d'Espagne, un prédicateur démonstrateur en matériel d'exorcisme. Il a trois nouveautés dans ses bagages, a priori séduisantes mais rien ne vaut l'expérimentation in vivo. On est les premiers demandeurs, pour vingt livres tournois on aura la primeur. On marchande, il transige. A dix-huit livres la messe est dite. Topons là dit l'Abbé, et allons voir le cas, c'est Dieu qui nous l'adresse.

Et dans l'heure voici rassemblé un fort bataillon de moines avec fourniment complet d'ostensoirs, encensoirs, crucifix et madones. Au milieu de quoi, brandies comme Saint Sacrement, trois caisses de bois laqué noir, aux formes et aux volumes disparates. Pour porter la première — prismatique — il faut huit bras ; pour la deuxième — sphérique — quatre suffisent ; pour la dernière — pyramidale — une main est assez.

De l'une à l'autre trottine, précautionneuse blatte, le prêcheur espagnol, murmurant sourdement *potro, garrucha, toca,* comme un refrain de comptine.

On suit. On prie. On chante. Mais dire qu'on est fier de soi, on n'ira pas jusque-là.

Chapitre quatorzième,

aux sinistres préparatifs.

Il s'agrège tant de peuple au cortège, et si fort s'enflent ses chœurs, que jusqu'aux sourds l'entendent venir. Misayre, de son repaire, s'enquiert :

— Enfants, mes enfants, qui va là ?

— Foule, répondent Marie, Marthe, Jeanne, Robin.

Ainsi la cage n'a servi de rien, pense Misayre. Elle qui devait tenir le monde à distance, le monde afflue pour la voir. La Mort retourne comme un gant les actes des vivants, moralité.

— Enfants, mes enfants, la foule que voyez venir, est-ce une troupe ?

— Une procession.

Ah ! voilà mieux ! Notre Dame qui l'exauce et lui envoie, sinon Son Jésus, des prêtres. Dans cet équipage, Misayre veut bien de La Mort. Oui, oui, qu'elle vienne ! Visible ou invisible, il s'en moque si c'est maintenant qu'elle frappe, cernée de bure et d'hymnes, baguée d'encens. Et mes enfants, approchez ! Si ! Si ! Et les filles aussi, quels que soient vos noms qu'il a, pardon, perdus. A genoux, remercions Notre Dame...

Puis il change d'avis, les presse, plus tard les Ave, qu'ils remuent ménage, disposent planches et nattes sur le sol ces jours-ci boueux de la force, rassemblent tout ce qui peut faire siège, préparent des coupes, des gobelets, tirent du vin ! Et quoi encore ? Qu'ils sortent quelques pains du four, tranchent du lard ! Pour l'appétit moine vaut moineau, sans cesse à becqueter.

Dans la forge se déploient la candeur des étendards, l'orgueil des ostensoirs, le vertige des crucifix aux pieds desquels, sphérique pyramidale et prismatique, se posent les caisses noires, leurs infinies patiences.

Misayre n'attend plus rien de sa cage. Il va donc — sans possible retour — en franchir la porte, à la rencontre de ses visiteurs. Le chantre l'arrête, de sept syllabes : « *Va-de-re-tro-Sa-ta-na* ». Le forgeron en ignore le sens, mais entend l'interdiction, reste où il est, d'où le monde est obscur, passablement.

D'où on est, aussi. Entassés derrière les moines on n'y voit guère, on manque de torches, on ira en quérir, en attendant on a d'aigus gloussements de rire pour percer la peau de la peur, on tend l'oreille, c'est l'Abbé qui demande :

— Es-tu Misayre ?

— Qui d'autre ?

— C'est ce que nous sommes venus établir.

— Pour cette raison ou pour une autre, Dieu vous bénisse. Et Baptiste, tabouret !

Robin avance celui bien sûr où naguère le Christ. L'Abbé s'assoit, merci petit garçon, et Marie Marthe Jeanne présentent le lard, le pain, le vin. L'Abbé boit, l'Abbé mange. L'œil grave : il va falloir trier le juste d'avec l'injuste.

L'Espagnol se glisse auprès de l'Abbé, lui répand ses mentons sur l'épaule, chuchote :

— Dois-je procéder, Monseigneur ?

Celui-là, Misayre l'a repéré d'emblée : si l'Ennemie est de l'assemblée — et elle en est ! sa main au feu ! — c'est par celui-là qu'elle passera.

Le jour a baissé mais on y voit mieux, dizaines de torches. L'Abbé se sent d'attaque à présent, rend son assiette, repousse la dame-jeanne, ton vin petit garçon n'était pas bien fameux, le jambon en revanche... « *Reprenons* », dit-il, « *et da capo* »...

— Es-tu Misayre ?

— Qui d'autre ?

— Le Misayre qu'il fallut, m'a-t-on dit, châtier une fois pour avoir en vain invoqué les noms du Christ et de l'Apôtre Pierre ?

— Je reçus trente coups, versai trente deniers.

— Tu parles d'argent, tu fais bien, j'y viens. Vois, Misayre, le monde qui s'est dérangé pour toi. Le vois-tu ?

— Moi je n'ai convié personne. Mais grand merci à tous d'être là, et que Dieu leur donne le nécessaire, au bas mot. Et bienvenue aussi à celle qui ne se laisse pas voir.

— Tes énigmes, nous les déchiffrerons tout à l'heure, par les moyens appropriés. Mais le premier point est que tu fais scandale, par cette cage et par ta prétention de n'en pas sortir.

— J'y renonce.

— Il n'est plus temps, le trouble est fait. On nous a requis d'intervenir. Pour le dérangement tu dois indemnité, si tu es bon chrétien. Veux-tu que nous citions des textes à l'appui dans Marc, Jean, Luc ou Matthieu ? Ou verses-tu, sans barguigner, quarante deniers ?

— Sans barguigner, répond Misayre.

Robin pense : il faut écouter les clercs, peut-être ; mais les regarder, bien plus ; leurs sermons sont les moindres des leçons qu'ils dispensent, leurs actes ont le prêche plus clair. Cet abbé-ci qui se fait payer deux fois le même latin, dix-huit livres d'un côté, quarante deniers de l'autre : ce qui s'appelle pêcher de toutes les rives.

L'Abbé lève sa main gauche, signal pour l'économe. Lequel sort du retrait où il se tenait, précédé d'une longue perche de coudrier qu'é-tant donné le cas de figure il a pris la précaution d'emporter et à l'extrémité de quoi il a fixé, en guise d'aumônière, un cône de velours amarante. A pas menus il traverse la forge, puis pousse sa perche à l'intérieur de la cage.

Misayre fouille dans l'escarcelle qui lui bat les reins, en sort le dû, le lâche dans le cône.

— Cela soit en ta faveur, dit l'Abbé. Mais — fait-il aussitôt remarquer — cela soit sans préjudice de l'amende dont nous déciderons, entendue ta confession.

Sur ce, fin des préalables financiers. Levée de la main droite, signal pour l'Espagnol, procédons.

On se mord les lèvres, on se donne du coude, on se hausse du col, on retient son souffle, on n'entend plus que les torches brûler.

L'Espagnol regarde ses caisses, regarde l'homme en cage, regarde ses caisses. Sphère ? Pyramide ? Prisme ? Laquelle ouvrir ? *Potro* ou *garrucha* ? *Garrucha* ou *toca* ? Par quoi commencer ? Il réfléchit aux fonctions mode d'emploi posologie de chacune, en rapport avec les caractéristiques externes du patient, âge taille poids.

— Comment vais-je mourir ? l'apostrophe Misayre.

L'Espagnol réclame des porteurs de torches autour de lui ; à rebours des idées reçues et de la philosophie du confessionnal, il ne croit pas que la lumière nuise à l'aveu.

— Comment vais-je mourir ? insiste Misayre. Réponds, ne fais pas de manières, je t'ai reconnue !

— A qui feins-tu de t'adresser, toi qui souffres ?

— Au moine que tu feins d'être. Pardonne-moi, pardonne soufflet tabouret pommier — pommier surtout — pardonne et montre-toi.

L'Espagnol lui tourne le dos, tire de sa bure un

trousseau de trois clefs aux bouterolles imperceptibles, appelle les fillettes du forgeron, petites venez me prêter la main. Elles approchent, il partage entre elles les clefs et le soin d'ouvrir. A Marie le prisme, à Marthe la pyramide, à Jeanne la sphère ; qui sera la plus prompte ?

Et à Dieu de faire entre les trois son choix, c'est après tout de Ses affaires qu'il s'agit.

Mais Dieu n'est pas d'humeur. Ou peut-être en fait une question de principe, prenez vos responsabilités. Ou Dieu est dans les nuages. Toujours est-il, Se dispense de choisir entre Marie, Marthe et Jeanne : c'est à la même cristalline seconde qu'elles parviennent à faire jouer leurs clefs, et que les trois caisses exhibent, parallèles, leurs secrets.

On dilate les pupilles, on se hisse sur les pointes de pied, on se grandit du dos les uns des autres. Dans la pyramide : un entonnoir de tissu. Dans le prisme : un chevalet, neuf cordes. Dans la sphère : une poulie, une corde. Objets familiers — surtout considérés un par un — alors qu'on présumait diableries. N'importe : chacun se sent le corps plus étroit, les os plus friables, les nerfs sur la peau.

La voix de Misayre s'inquiète :

— Et ta faux ? Où la caches-tu ?

Chapitre quinzième,

où l'on s'entend dire
que la Question
n'est pas sans complexité.

« *De veritate...* », annonce le démonstrateur. Il va être question de vérité. C'est-à-dire de gestation, fratelli miei, c'est-à-dire de naissance, arrondit-il au possible sa diction. Par les siècles des siècles, calomnies et calomnies pleuvront sur les outils que nous proposons d'employer au divin service de la vérité. Je les prédis et par avance contredis : non ! *potro, garrucha, toca*, ne sont pas pour punir ! ni pour jouir ! mais pour révéler.

Non ! Leur objet n'est pas la douleur de l'opéré(e) ! encore moins le plaisir de l'opérant ! Et pas non plus l'inverse : douleur de l'opérant, plaisir de l'opéré(e) ! Jouissance et souffrance ne sont que des chemins, l'objet est d'enquêter, *in-qui-re-re*, s'empourpre-t-il avec son éloquence, déploie-t-il les manches de sa robe, les flaccidités de ses bajoues.

« *De veritate...* », somme-t-il poutres et murs d'enregistrer, il ne sera question que de vérité. Lui, le but qu'il fixe à la procédure *in-qui-sitoriale* : extraire cette perle de l'âme de l'*in-*

qui-et comme de celle de l'*in-qui-étant*. Et, enfle-t-il encore son scapulaire à proportion de son émotion, « *que la vérité sorte du qui, et nous la proclamerons ex-qui-se !* »

Phrase à phrase, on n'y comprend guère. Son discours pourtant grimpe autour de l'entende-ment, l'enserre et le pénètre comme un lierre, mais extravagant, tramé de lianes hétérogènes, ~vec des boutures de bric et de broc, d'oc et d'oïl, latin par-ci, et par-là espagnol, italien en travers, et, dans l'entrelacs, de brusques grappes de patois cerdan ou de dialecte lacanien.

Frère Jaume accélère pas et débit, de sa prolixité encercle la cage. Les porteurs de tor-ches l'escortent, éclairent le propos, devant quoi s'agglutinent et volettent phalènes, sphynx et saturnies.

« *De veritate...* » voltent et virevoltent ses doigts râblés. Pour l'atteindre et la débusquer, trois procédés. *Toca*, l'entonnoir, par distension de l'estomac. *Potro*, le chevalet, par compression des chairs. *Garrucha*, la poulie, par étirement des membres.

Principes communs à leurs trois *modus ope-randi* : douceur et ténacité. Proscrire à l'inverse brutalité, précipitation. Car, pour ce que nous savons de la Divine Création, une douleur vio-lente mais brève quand on y survit se surmonte beaucoup plus aisément qu'une autre plus légère mais constante ! mais croissante ! Et, de même qu'au jardin si l'on veut que le fruit sorte et non sa pourriture, on ne doit pas déverser sur le plant en une seule fois l'eau de tout un mois, mais *quotidie* arroser par quantité égale et menue... de même à notre saint office, si nous voulons que s'exhale l'authentique aveu et non le purulent mentir ou la stérile agonie, il convient de ne pas jeter tout d'un coup le corps de l'opéré dans le tourment, mais de l'y amener fibre après fibre.

Fibre après fibre... Le prédicateur écoute sa fin de phrase rebondir dans la forge et le silence. Fibre après fibre... On rentre le cou, on recense en soi ses péchés, et surtout ce qui pourrait en prendre l'air si on se regardait du dehors. Fibre après fibre... Moucherons cousins et demoiselles profitent de l'interruption pour rejoindre phalènes sphynx et saturnies.

Puis l'Abbé demande si c'est pour aujourd'hui ou pour demain.

— Presto subito, s'ébroue Frère Jaume.

Première des choses, l'Espagnol donne l'ordre à Misayre de sortir de la cage ; le forgeron ne comprend pas, est-ce que tout à l'heure l'un de ces messires ne lui a pas au contraire donné l'ordre de *ne pas* en sortir ? L'Espagnol explique à Misayre que tout à l'heure était avant l'heure, qu'avant l'heure n'est pas l'heure, mais qu'à toute heure l'heure est à l'obéissance, et que donc : fuera !... A la bonne heure.

Deuxième des choses, l'Espagnol désigne des volontaires pour l'aider, leur expose que leur rôle est d'assistance, strictement. Qu'ils connaîtront la tentation de ne pas s'y borner. Mais la repousseront. Id est : n'effraieront pas, par grimaces ou menaces, la personne en question ; s'interdiront de l'interroger, pour fort que leur piété les y pousse ; se retiendront de la consoler, pour tendrement que leur pitié s'émeuve. Bref : ne mettront sur sa plaie ni sel ni baume — métaphoriquement parlant, précise-t-il, car *toca*, *garrucha*, *potro*, dilatent, disloquent ou broient, mais point ne blessent.

Troisième des choses, l'Espagnol demande au chantre de prendre, page LXVIII dans l'antiphonaire, *Stabat mater dolorosa*. Quatrième des choses, de la caisse pyramidale il extrait l'entonnoir, qui s'avère de l'espèce dite chantepleure, au long tuyau percé de petits trous. « *Toca ! Toquita ! Toquitita !* » gazouille-t-il.

Cinquième des choses, l'Espagnol requiert ses assistants, sixième septième huitième neuvième dixième onzième douzième des choses : d'apporter le chevalet (« *potro ! potrito !* ») ; d'y coucher Misayre sur le dos ; de l'y fixer par les neuf cordes (une pour le tronc et deux par membre) ; de lui introduire dans l'orifice buccal la plus grande longueur de tuyau ; mais de ne pas obstruer le pharynx ou meurtrir le larynx, maladresses qui rendraient la confession impossible bien sûr, ou inaudible ; au signal, de verser dans l'entonnoir l'eau d'une jarre, à intervalles réguliers mais éloignés ; de veiller que l'épais tissu dont est constitué le dôme ne distille le liquide que goutte à goutte.

A tout Misayre se plie, farouchement docile.

Treizième des choses, l'Espagnol s'éclaircit la voix d'un rot franc. Les moines entonnent le psaume. On déglutit avec effort. L'Abbé reprendrait bien, petit garçon, un peu de vin réflexion faite.

— Es-tu Misayre ?
— Toujours.
— Celui qui prétendit avoir reçu Christ dans sa forge ?
— Et qui en fut châtié.
— Est-Il revenu ?
— Cela ne se peut.
— Pourquoi ?
— Car celui qui n'est pas venu ne peut revenir.

(Signal. Jarre. Attente. Jarre. Puis...)

— Autrement tourné : prétends-tu de nouveau que Christ est venu ?
— Non.
— Que Dieu Soi-même ?
— Non.
— Que Notre Dame ?

(Doucement, suavement, Frère Jaume, sans la moindre violence ; parce qu'il est de son devoir

118

de tendre des pièges, mais non d'espérer qu'on y tombe.)

— Prétends-tu que Notre Dame t'a fait visite ?
— Non plus. Je Les prie pourtant, tant et plus, demandez-Leur. Ils ne viennent, ni ne Se font distinctement entendre.
— Leur en fais-tu reproche ?
— Ce n'est pas de ma condition.
— Mais si tu étais d'une autre, moins basse ?
— Si j'étais d'une autre, plus haute, qu'aurais-je à Leur reprocher ?

(Signal. Jarre. Attente. Jarre. Attente. Puis...)

— Prétends-tu que Satan t'ait fait visite ?
— Je ne prétends rien.
— Autrement tourné : crois-tu que Satan...
— Dieu m'en garde et m'en a gardé.
— Dis-nous pourquoi la cage. Qui te l'a commandée ?
— Personne.
— Dis-nous pourquoi la cage. Qui t'y a enfermé ?
— Moi-même.
— Qui t'a enjoint de le faire ?
— Moi-même.

(Signal. Jarre. Attente. Jarre. Mais elle est vide. Interruption. On va pour les moines à la fontaine, on rapporte des jarres d'avance. Reprise. Puis...)

— Pourquoi la cage ?
— Pour ne pas manquer celle que j'attends.

119

— Qui est ?
— Vous le savez.
— Nomme-la.
— Il ne sied.

(Signal. Jarre. Frère Jaume de son scapulaire s'éponge le visage. Puis...)

— Nomme-la.
— La Mort.
— Prétends-tu qu'elle est venue ?
— Qu'elle est là.
— A quoi le sais-tu ?
— Seriez-vous si nombreux si ce n'était pour elle ?

(Frère Jaume fait retirer l'entonnoir, essayons du procédé par compression. L'Abbé reprendrait bien, petit garçon, un peu de jambon, pour accompagner.)

Chapitre seizième,

au terme duquel
il faudra déplorer
dérobade et débandade.

Il flotte dans la forge quelque chose de flou. Certes La Mort est là, Misayre la flaire. Mais à la fois, oui : quelque chose de trouble. Pourquoi tarde-t-elle à se montrer ? Pourquoi ces détours, ces finasseries ? Pourquoi ce bric-à-brac de caisses et d'engins ?

Page CXIX à présent, dans l'antiphonaire, *O quam tristis et afflicta*. Ils ont mis l'entonnoir de côté. Ils ont glissé une barre de bois sous chaque corde. De temps en temps ils leur font effectuer un quart de tour. L'Espagnol dans l'intervalle demande, toujours pareil, qui est venu et qui non. Le temps coule, s'épaissit, les cordes serrent, le sang bat, l'air manque, mais La Mort se cache.

L'Abbé toussote. Sur le jambon, rien à dire, de première ! mais nous ne sommes pas descendus de l'Abbaye pour l'amour du lard, l'homme ne vit pas que de porc ; sur vos machins, en revanche : pas très convaincants entre nous soit dit, le type n'a pas lâché ça ! L'Espagnol proteste qu'on n'a encore rien vu, et réclame petites filles une échelle, vite, pour installer « *garrucha ! garruchita !* » la poulie, alors là, dont on lui dira des nouvelles !

Ils ont défait les cordes, ils ont baigné d'un fond de jarre le visage (blafard, cramoisi) du forgeron, ils ont soulevé son corps (ballonné, vidé), Misayre a murmuré vers l'obscurité : « *Ne me fais pas languir* », le chœur a pris, infra dans l'antiphonaire, *Inflammatus et accensus*, page CLIV.

Marie Marthe et Jeanne ont apporté l'échelle réclamée. Les moines l'ont appuyée à une certaine poutre. Frère Jaume y a grimpé, la poulie accrochée à sa ceinture, la corde enroulée autour de son torse. Tous les deux échelons il a fait halte, obèse, pour reprendre son souffle. Une fois au but il a fixé la poulie à la poutre au moyen de sa ceinture, il a déroulé la corde d'autour de son torse, il en a engagé une extrémité sur la poulie.

On en est là. On prie pour qu'ils en finissent. On a voulu — mais on n'aime pas pour autant — voir son semblable sous le caprice des puissants. Il arrive ainsi qu'on se livre au vertige de mesurer sur la peau des nôtres l'étendue de notre sujétion, que, faisant, on accroît, on n'est pas sans le savoir. Mais on se défera du cercle vicieux, si Dieu le veut, et quelques autres.

Frère Jaume pousse, pousse la corde, qu'elle glisse et pende également des deux côtés de « *garrucha ! garruchitita !* » Puis il donne de là-haut ses instructions. Qu'à un bout soit liée la personne en question, par les poignets. Qu'à l'autre se placent les meilleurs sonneurs de cloches. Qu'ils tirent, mais — *ibi quoque* — à tout petits coups, hissant par délicats degrés le pauvre pécheur, comme feront pour nous tous les Anges quand ils auront à nous mener Dieu sait déjà ou. Que de la sorte le corps au tourment apprenne chaque pouce de sa taille, chaque ongle de chaque pouce.

Ils procèdent. Demandes. Réponses. Signal de montée. Signal d'arrêt. Demande : attendu que jamais chrétien ne reçut de Dieu l'ordre de s'enfermer dans quelque cage que ce soit, de quelque dimension que ce soit, comment peux-tu te prétendre chrétien ? Demande : si tu n'es du Christ, alors de qui ? Réponse : faut-il que je réponde à quoi j'ai répondu ? Signal de montée.

Et tant tire la corde que bientôt les poings liés de Misayre vont atteindre la poulie. Il semble au forgeron que le bout de ses doigts est à dix lieues de ses épaules, il lui semble que ses épaules fuient à cent lieues de ses orteils. Il lui semble n'être plus qu'un cœur énorme, en baudruche.

De fait un cœur flanche et se rend. Mais pas le sien. Celui du religieux seigneur Frère en Christ Jaume Casavells de La Bisbal dont le corps en plongeant croise Misayre montant.

Les torches en blêmissent, le psaume fane, les lucioles s'étiolent, les sphynx s'interrogent et

carrément les saturnies désertent. Les sonneurs
en lâchant la corde, les voilà avec un glas sur les
bras, à sonner ailleurs. Misayre à terre n'en croit
pas ses membres : l'Ennemie a fait faux bond.

L'abbé se suce l'index de la main gauche, sale
affaire. Aux yeux de tous, Dieu a jugé. Si c'est
miracle ou sorcellerie, les théologiens en débat-
tront. Pour l'heure, opérer un repli en bon ordre.
Prendre dans l'antiphonaire page XXXVII
Requiescat in pace, huit moines pour emmener la
dépouille de l'incapable, huit autres pour s'occu-
per du bastringue, prisme sphère et pyramide,
remballez-moi tout ça et direction l'oubli des
caves.

Cohue, soudain. On revient à soi, on se hâte de
sortir, la nuit nous tend de silencieux couteaux,
deux ou trois clercs en pâtiront, d'ici demain.

L'Abbé ferme la marche. Au moment de sortir
se retourne, revient faire promettre, petit garçon, au prochain cochon que vous tuerez, de
venir à l'abbaye m'apporter de ton jambon ou
gare ! Puis il esquisse une vague bénédiction en
direction de la cage, ou est-ce un geste d'exorcisme ?

Marie Marthe et Jeanne se penchent sur leur
père, lui délient les mains. Misayre demande à
l'obscurité :

— Quand donc te verrai-je venir ?

Une ombre glousse :

— Tu ne me verras plus venir, je te l'ai déjà dit, écoute quand on te parle...

La Mort a pris l'aspect d'un ravi qui rôde encore un peu dans la forge à dénicher les phalènes et à déchiqueter entre pouce et majeur la poussière de leurs ailes.

Quand elle s'en lasse, elle rafle la bonbonne de vin car sa route est longue jusqu'à l'aube et la cité de Quillan, où elle a une peste en cours.

LIVRE CINQ

Le Dit de l'arsenal

Chapitre dix-septième,

*où Misayre achève
de perdre sa famille
mais en fonde une autre.*

Misayre dort, des semaines durant dort, pendant lesquelles un rêve lui vient et lui revient. Il ne sait pas davantage le déchiffrer qu'il n'a su pour la phrase de l'Ennemie.

. A l'entrée de son sommeil, l'attend un chien. Chien sans gaieté, sans poil, inconnu par ces climats, ces montagnes. L'aboi de l'animal ouvre leur marche, écarte les parois granitiques, dévoile des vallées. Assez vite Misayre veut s'arrêter, toucher les plantes, les herbes, pour lui nouvelles ; s'allonger parmi ces lumières et des parfums jamais rêvés. Le regard du chien dit : « *Tu n'as pas le droit !* »

Ils rencontrent d'autres hommes, d'autres chiens, par colonnes entières. A chaque groupe qu'ils rejoignent, la vallée s'élargit, la végétation s'enrichit, la tentation de l'arrêt s'accentue. Certains hommes y cèdent, penchent la nuque, qu'aussitôt leur chien dévore.

Misayre observe ceux qui marchent parallèlement à lui. Ils sont tous proches, pourtant leurs

129

visages lui demeurent obscurs, même quand ils relèvent leurs capuchons.

— Une vitre endeuillée de givre se déplace avec mon regard, rêve-t-il qu'il comprend.

Puis la vitre, sans un bruit, se fend, s'émiette dans un espace enfin transparent, mais où désormais il ne doit plus compter qu'avec la solitude : aussi loin qu'il regarde, derrière, devant, autour de lui, nul marcheur.

Le paysage a encore changé. Les arbres en sont nains, paraissent s'enfoncer dans le sol au même rythme que les montagnes dont il ne subsiste que des tertres, que des mottes, à peine quelques cailloux. Au même rythme aussi que, dans la gorge du chien, paraît s'éteindre l'aboi. La bête à présent progresse *derrière* lui, langue à terre, léchant son ombre.

Bientôt elle l'a absorbée. Et lors, fait ce qu'elle a constamment interdit à l'homme : elle s'immobilise. Pour cela ou non, l'homme sent la faim l'étreindre, se rassasie du chien sans avoir pu s'empêcher de l'entamer par la nuque, rote et constate qu'il a atteint l'horizon. Sur l'impossible arête de la ligne imaginaire, il reprend sa marche.

Mais ce n'est plus du même pas. Les jambes du rêve oublient flânerie et fatigue. Elles ne songent plus à la halte, comme si avec l'aboyeur l'interdiction avait disparu. Et, avec l'interdiction, le besoin. Frénétiques, elles arpentent l'horizon, se hâtent vers le terme de ce qu'elles savent pourtant sans terme.

De part et d'autre de la ligne, à nouveau des

hommes apparaissent, et toutes sortes de dogues à leurs côtés, sournois ou francs mangeurs de nuques. Ces groupes se déplacent sur différents plans qui n'ont en commun que la droite où Misayre avance et dont ils sont traversés tous.

A ce point du rêve, deux variantes. Le rêveur se voit devenir tantôt un habitant parmi les autres de tel ou tel parallélogramme, tantôt la sécante même qui borne l'étendue de tous.

Pendant qu'il dort, départs. L'un après l'autre, ses enfants désertent vacarme et silence, cette maison dont le père est vacant. Robin, un baron le recrute, qui voudrait châteaux en Espagne et manque pour y atteindre de quelques coupe-jarret. Marie, Marthe et Jeanne — si tels étaient leurs noms — c'est l'Église ; au couvent de Sabart les dévotes fleurissent, de noble extraction ; mais pour se hisser jusqu'à la sainteté, des compagnes leur manquent qui leur feraient la courte échelle, et la vaisselle.

Même depuis son sommeil, Misayre finit par remarquer ces absences. Le feu réclame, son ventre aussi. Il lui faut démonter la cage, revenir au monde, s'y refaire une famille.

La femme avec laquelle il se résigne à rompre son veuvage est veuve elle aussi, fraîchement. D'un cordonnier. Sa parentèle vient faire l'article au forgeron. « *Mélanie* (oncles frères cousins poussent devant eux une forme sèche et ramassée), *Mélanie peut encore enfanter*, assurent-ils, *et, quoique flétrie c'est vrai, ne lésine pas sur l'ouvrage.* » Ils la poussent encore jusqu'à la placer sous la lumière des torches qu'ils brandissent en faisceau, et l'intéressée mime les gestes du travail domestique, lisse ses jupes pour faire saillir l'osseuse amphore de ses hanches.

— Et puis — renchérit la parentèle — du cordonnier au forgeron, elle ne sera pas trop dépaysée par le bruit.

— Quelle dot ? crie Misayre.

— Considérable : nous n'exigeons pas que tu accueilles avec Mélanie les huit enfants du défunt.

« *Va pour elle* », dit-il, marmonnant en lui-même *sanctificetur nomen tuum* car bien sûr il soupçonne toute l'équipe d'appartenir à l'Ennemie, notamment la candidate.

Partis les cousins frères et oncles, il entreprend sans enthousiasme de vérifier — marmonnant *sicut in coelo et in terra* — s'il sait toujours par où s'empoignent et par où s'emplissent ces sortes-là d'amphores. Il est résolu à n'en user que les fois nécessaires à l'ensemencement, craignant par trop la petite mort, et qu'elle ne le livre à la grande.

La femme, moins d'une lune après, constate les symptômes trop connus d'elle, consacre ce qu'il lui reste de forces à porter et haïr ce neuvième intrus en elle ; meurt à la seconde où elle s'en libère.

Le forgeron, pendant ce, est à aider les mule-
tiers de Saleix et de Sourdens qui déchargent
leur minerai. Sourd, il entend l'inaudible soupir
par quoi l'accouchée passe à trépas. Il lâche tout,
grimpe à la chambre, espérant surprendre La
Mort à l'œuvre et qu'elle l'emmène aussi, ou lui
fixe une date. Mais il survient trop tard, tout est
consommé, l'Ennemie repartie.

Misayre se penche, éprouve quelque peine à
détacher du sexe sans vie de Mélanie le gluant
poupon qui tente d'y téter. Un mâle. Cherchant
un nom à lui donner, il s'émerveille de trouver :
Baptiste.

Chapitre dix-huitième,

où naît une étrange troupe.

Quelque temps, certains soirs dans certaines maisons, on voit entrer le forgeron, son poupon dans les bras. Il a su qu'il y avait un malade, vient veiller, on lui fait place à table. Telle femme a du lait, donne le sein à Baptiste.

Misayre mange, puis va près du fiévreux, du goutteux, du catarrheux, du graveleux ; de l'hydropique ou de l'hypocondriaque ; aussi bien : de l'empoisonnée, de la vérolée, de l'époumonée. Il s'accroupit contre la couche, ne dit mot, tandis que d'autres apportent des conseils, des cœurs de crapaud, des prières, de la salsepareille, des gémissements, des pieds de bouc, le pardon des griefs, des langues de vipère, des diagnostics, des baumes, des demandes de legs, du sirop d'orgeat, des couillons de lièvre.

S'il sent que La Mort est en chemin, il peut rester des jours et des nuits à guetter son arrivée, sans bouger ni dormir, tendu qu'il est vers le projet de se glisser dans le trépas d'autrui.

Il y a toujours un moment où la maladie paraît hésiter, musarder, sinon encore refluer ; c'est

134

alors qu'il s'autorise un somme. Hélas ! dont La Mort profite pour sa rapine. La déploration funèbre réveille Misayre. Il s'y joint, s'écorche le creux des joues, de rage. La Mort lui tend toujours le même piège, de la fatigue, et lui, toujours, y tombe.

Plus tard il récupère son Baptiste dans le grouillement des enfants et cherche une autre demeure où prendre l'affût.

Certains soirs dans certaines maisons il trouve encore le couvert et pour le nourrisson un giron. Mais on ne lui permet plus d'approcher le scrofuleux, l'hémiplégique, ni de rester davantage qu'un repas, car on ne sait pas d'exemple d'un foyer où il se soit installé et où La Mort n'ait fini par entrer. Lui présent, nulle guérison d'envisageable, croit-on dans ces maisons-là.

Mais ailleurs on croit le contraire : que le forgeron porte bonheur et retient La Mort d'entrer. Du moins tant qu'il ne s'endort. Dans ces autres maisons on l'invite — avec même un berceau pour Baptiste — on le choie et s'emploie à lui tenir un œil d'ouvert, minimum. D'abord par tous moyens décents : décoctions de jujube ou d'anis, bouillon de salamandre, contes et légendes qu'on se relaie à dévider, l'agonisant lui-même y allant d'un couplet de-ci de-là. Mais il n'est rien dont l'effet ne s'émousse, et l'on recourt alors aux piqûres d'aiguille, aux brûlures de bougie, aux morsures de rat.

À force pourtant on cède, et lui après. La Mort, en toutes maisons, continue de prendre qui lui

plaît. Et Misayre, en toutes saisons, de chercher
sa trace.

Puis Misayre change, absolument. De
méthodes, d'humeur. L'Ennemie fuit s'il va vers
elle ? Il fera qu'elle vienne à lui. Elle le dédaigne
tremblant ? Il s'essaiera à l'allégresse.

Finie l'oisiveté ! Réouverture de la forge,
reprise de la tâche. Et rompu le jeûne ! Autant
que peut un artisan, bombance désormais. Et
foin de l'abstinence ! Nouvelle épouse (encore
une dont guère ne voulaient ; muette) avec
laquelle retour effréné au déduit, qu'il n'a jamais
pratiqué si souvent, même aux premiers jours du
premier mariage.

Œuvrer, manger, forniquer. Avec aux lèvres
toujours un Pater en cours, ou un Ave. Si l'on
mesure à ces aunes-là, personne d'aussi gai ni
d'aussi pieux que le Misayre d'alors.

Et baste avec la solitude ! De son seuil à
présent il appelle les enfants, les passants, les
poules, qui que ce soit, à venir le voir. Certaines
fois la foule est presque aussi dense dans la forge
que le jour de l'Espagnol et des caisses. On dirait
l'église un dimanche des Rameaux. Sans
compter dindons et porcs, oies et lapins.

Suant, cognant, sourd comme naguère et
demain, mais souriant à l'assistance, Misayre au
travail. Huff-huff, au soufflet sa troisième épouse

— Blanche est son nom — en attendant que le quatrième Baptiste puisse ; pour l'heure l'enfant apprend le métier par les reins de sa marâtre où il dort, noué. Tandis que le forgeron à la façon des bateleurs commente son faire, l'enchaînement des opérations, annonce les merveilles, les métamorphoses de la matière.

A pleines mains empoignant de nouveau le minerai, le charbon, les outils ; mettant tout son cœur à l'ouvrage, et c'est encore peu dire ; Misayre, n'attend pas la commande, forge, forge. L'atelier, l'appentis, l'arrière-cour, le seuil, l'étable, l'escalier, la pièce commune, le grenier, la cave, ne sont bientôt plus que cottes et cuissards, épées, écus et dagues, dossières, gantelets, hallebardes et lances, mentonnières, plommées, ventaux... L'arsenal déborde vite sur la place du marché ; pour parvenir au bonhomme c'est bientôt une armée à passer en revue.

— Au moins, fais-nous des socs ! lui dit-on. Et des coutres ! des bêches ! des versoirs ! des serpes ! des louchets ! des faux !

— Que disent-ils ? s'enquiert Misayre, mais pas encore de Baptiste pour répéter, et l'épouse ne sait que hocher la tête en plissant les yeux.

— ... des serpes, lui redit-on, des louchets et des faux !

— Maudit ce mot !

Et n'en démord. Ne fabrique qu'armes et

armures, mais là : de quoi prendre d'un coup
Sidon, Tyr et Césarée aux Infidèles.

— Qui te les paiera ? demande-t-on.

— Celui qui donne à chacun son dû, répond-il.

— Celui-là te paierait aussi pour nous avoir
fourni de quoi défricher, labourer, moissonner,
insiste-t-on.

— Mais laissez donc vos champs, et prêtez-
moi plutôt la main à la forge, propose-t-il pour la
première fois dans les siècles des siècles, et
depuis : quelques autres.

— Et qui nous nourrira ? objecte-t-on.

— Celui qui distribue à chacun selon son
besoin, prétend-il.

Mêmes réponses si l'on vient des échoppes lui
demander des clous, des ciseaux, des burins, des
épingles. Laissez donc vos métiers, dit-il au
sellier, au tailleur, au vitrier, au sabotier, et
prêtez-moi la main.

On refuse, on sort. Sur la place le soleil joue de
tant de miroirs offerts. D'une rue à l'autre, les
armures — immobiles, inhabitées — se jettent
ses rayons, en attendant mieux.

Elles n'auront pas longtemps à languir, craint-
on. Qui a jamais vu la guerre ne pas venir là où
s'entassent ses outils ?

Chapitre dix-neuvième,

où notre Comte se déboutonne
en bien des sens.

On monte en délégation, au château cette fois. Depuis peu Gauthier, comte de Fouïch, est revenu de sa deuxième croisade. On ne veut pas qu'il se méprenne, l'arsenal qui enfle sous ses remparts n'est pas de notre fait, nul ne prépare aucun soulèvement, ni bourgeois ni vilains. Dieu nous garde notre Comte.

— Dieu surtout me transfoute la paix ! crachet-il loin devant lui.

On se signe, on se regarde, c'est donc vrai tous les on-dit. On dit qu'il a rapporté de Terre Sainte une maladie qui des parties gagne le tout. On dit que c'est pour en guérir qu'il a pris cette jeunesse en quatrièmes noces, Catherine de Meilhac, treize ans. On dit que le remède s'est avéré comme huile sur le feu, et que voilà pourquoi depuis son retour le Comte Gauthier reste confiné entre sa tour et ses projets de tour. Et encore : que cette double flambée — du cœur et du vit — pousse Sa Seigneurie à des actes singuliers tels que de vouloir, en plein Conseil, dénouer lacets et lanières sur lui et alentour, proclamant qu'il faut vivre nus « *ainsi que le Créateur nous fit* », et renoncer à « *contrarier Son désir* » ou à « *corriger Sa volonté* ». Et encore : qu'il se livre à des actes sacrilèges, lui le très chrétien le très pieux le deux fois croisé, tels que de se présenter en sa chapelle dans le costume de nature, insultant de ses atributs syphilitiques la Majesté Divine. Dit-on.

Mais d'autre Comte on n'en a pas, c'est à celui-ci de mettre bon ordre. On redit l'arsenal, comme il pullule.

— En somme : une armée creuse ?

— Mais qui prend la ville, mon seigneur. Façade après façade.

— Cela devrait valoir le déplacement. Viendrez-vous ma mie ? passe-t-il la tête dans l'alcôve vers la Comtesse, sa très ardente et nue.

— S'il vous plaît, dit l'enfant.

Le Comte Gauthier, la Comtesse Catherine. Habillés, mais sans cérémonie. Le Comte a la Comtesse au bras, un faucon au poing. Deux écuyers sont toute leur suite. Ils sortent du château, descendent vers la place et la forge.

La première armure qu'ils rencontrent : au beau milieu d'une ruelle ; semblant s'acagnarder à regarder passer entre ses cuisses d'acier le flot douteux du caniveau ; coiffée de surcroît à l'ancienne, d'une simple cervelière qui, faute de tête à surmonter, repose à même le haut de la cuirasse...

La fillette, c'est sa première guerre. Elle bat des mains.

— Tuez, dit-elle.

Les écuyers jouent le jeu, flanquent ensemble leur poing sur le chef de cet ennemi inoccupé. La ferraille se désarticule, ses divers éléments prennent en cliquetant la pente, heurtant bientôt des piles de boucliers avec le concours desquels au passage ils fauchent des faisceaux de hallebardes dont le renfort leur permet d'entraîner par haies entières les creux régiments de l'inexistant envahisseur. Dans le plus complet et fracassant désordre jambières cuissards plastrons gantelets dossières refluent jusqu'au foirail, s'y amassent et reçoivent, impuissants, le déferlement de leurs propres piques lances écus et plommées. La queue d'une vache que la cascade métallique a surprise et emportée, figure le drapeau blanc de la reddition et le soleil avant de se coucher met ce qu'il faut de rouge sur ce charnier sans chair.

Le concert tire jusqu'à Misayre hors de chez lui. Au tintamarre il croit qu'enfin... Marmottant *qui tollis peccata mundi*, écartant les armures en cours de fabrication, les fraîchement fondues, les démoulées de la veille, il se fraie chemin vers son seuil, *miserere nobis*. Et voit, sur la place, depuis la cime de l'inextricable enchevêtrement de ses chevaliers déserts, dégringoler vers lui Comte, Comtesse, écuyers, riant comme bambins au toboggan, criant Taïaut. Si le faucon reste au poing du Comte Gauthier, il n'en mène pas large, frémissant de toute sa plume, claquant du bec.

Da nobis pacem, est-ce enfin...?

Chausses et pourpoint déchirés, la peau çà et là égratignée par les saillies des armures, le Comte n'en peut plus de joie, ah ma mie ma mie qui me rendez la vie.

Le regard de Misayre saute du seigneur écorché à son épouse décoiffée, et de l'épouse aux écuyers dépenaillés, et des écuyers à cette boule de plumes et de peur : l'oiseau. Il pense que l'Autre va surgir de l'une de ces dérisoires enveloppes, n'importe laquelle. A toute allure : *nomen tuum...*

Le Comte reprend son sérieux, qu'est-ce que c'est tout ce capharnaüm ?

— Pour vous, notre Comte.

— Et que veux-tu que j'en fasse, forgeron ?

— Celui qui sait tout le sait.

— Encore de tes charades ! Traduis.

— Est-ce qu'il n'y a pas toujours des Infidèles, ici ou là ?

— Et pour cela il faudrait que je reprenne la Croix ?

A l'idée le Comte Gauthier entame un foin de tous les diables, rien à faire, on peut lui mettre sous le nez armes d'estoc et de taille, armes de jet, armes de hast, tous les arsenaux du monde, il-ne-re-par-ti-ra-pas ! A la nudité de Catherine et à la sienne propre il entend désormais se consacrer, qu'à Dieu plaise ou non. Et tant pis pour les Pie, les Grégoire, les Innocent, les Jean-foutre qui prêchent leurs Croisades bien calés dans leur

142

Saint Siège ! Si la Terre Sainte veut de lui, qu'elle vienne donc à Fouïch.

Et de ramasser pour les lancer au loin dagues piques et plommées, comme un qui écarterait de ses lèvres le calice de la nostalgie.

L'enfant le gronde, il ne faut pas dire de si gros mots, mon seigneur. Ah ma mie ma mie, si vous saviez. Si elle savait quoi, mon Gauthier ? La vérité sur mes Croisades. Ce n'est pas celle que chantent les trouvères ? Ah ma mie ma mie, leurs chansons sont à mes frais, mensongères... Alors dites ! vite, dites ! votre Cathy aime tant les contes dans les contes, et que la vérité aussi soit nue.

Et voilà donc Gauthier, Comte de Fouïch, qui réclame l'Abbé, s'agenouille sur le foirail aux pieds de sa dame et de l'amas d'armures pour faire confession publique. Nous tous : on s'esquive sur la pointe des chausses, car telles vérités ne sont pas bonnes à entendre qu'à leurs moments de faiblesse les puissants livrent, on connaît plus d'une tête de coupée pour avoir simplement porté des oreilles.

— Où fuyez-vous ? crie le Comte, sans public l'aveu ne vaut.

On n'a garde de revenir. Mais Misayre demeure, avec sa muette. Pour entendre ce qui suit.

Le Comte Gauthier avait été de sa première expédition à peine sorti d'enfance. C'est même

143

en descendant le Danube qu'il avait reçu l'adoubement. Jusqu'à Constantinople, jusqu'à Adalia : R.A.S. Mais dans cette dernière ville, soit malveillance ou incompétence le Roi de France (Louis le Septième, que la honte l'inonde !) les avait plantés là, Gauthier et quantité de pèlerins, embarquant quant à lui pour Antioche et les abandonnant sans vergogne ni vivres aux maladies, aux pillards, au Grand Turc. Au choix.

Revenu moins un œil (ah ma mie ma mie comme le second lui manque pour savourer votre beauté...) de cette Croisade où il n'avait par conséquent approché le Saint Sépulcre que par l'incertain essor de prières psalmodiées sous un ciel à minarets, il n'en avait pas moins rempilé, les cheveux blancs, pour la suivante, quarante ans après. Évitant, pour changer, la route du Nord et le Danube, il avait échappé à ses crues et au pire, ne s'y était pas noyé comme quelques-uns cette année-là en compagnie de l'Empereur Barberousse.

Mais notre Comte n'en avait pas été quitte pour autant avec la guigne. Prenant par le Sud et la mer, dans l'escadre tantôt de Philippe-Auguste et tantôt de l'Anglais Cœur-de-Lion, au caprice du vent, cette fois non plus il n'était pas arrivé au but, lui le très humble et dévoué soldat du Christ, dévoyé qu'il en fut par premièrement un micro-climat avec tempête force neuf quand tous les autres bâtiments jouissaient d'un léger vent arrière sur mer d'huile ; et par ensuite : circés, sirènes, cyclopes et pénélopes, les mille et un pièges odysséens dont — grâce à Dieu sait quel Dieu — Homère a doté la Méditerranée, par ailleurs fort ennuyeuse.

De sorte que non, las! et las! non ma mie, le Comte n'avait jamais foulé, au grand jamais, le moindre hectare de Terre Sainte; de sorte encore que les microbes par lui portés en couilles ne constituaient pas l'enviable indice de son appartenance à la troupe des Élus, mais la marque au contraire de l'opaque obstination du Ciel à ne l'y point admettre; de sorte enfin que Roi Pape ou Empereur, nul ne le reprendrait plus à crier : « *Demain, Jérusalem !* »

— Bien fait! dit l'enfant.

Là-dessus le Comte se relève, baise au cou la Comtesse, renvoie l'Abbé, revient aux moutons de Misayre, moutons de fer d'acier de plomb, que faire de tout ça, il n'en a vraiment aucune idée.

— Ne vous en souciez pas — d'un ton rassurant, le forgeron — elle trouvera, trouve toujours.

— De qui parles-tu?

— Si vous l'ignorez, elle vous l'apprendra bien assez tôt.

— Tu nous les brises avec tes devinettes, s'énerve le Comte Gauthier et Misayre s'attend, *fiat voluntas tua,* qu'il tire l'épée, le perce et que La Mort se montre enfin, coincée.

Mais la Comtesse Catherine déploie la diaphane nonchalance d'un poignet, « *la nuit porte conseil* » dit-elle et ce n'est pas le Comte qui la contredira, ah ma mie ma mie vos nuits spécialement.

Ils repartent dans l'alanguissement de la fin d'après-midi. Misayre court à leur suite, mon seigneur, mon seigneur, ne punirez-vous pas mon insolence ?

— Nous ne sommes pas d'humeur, sort un sol, le lance à Misayre, sourit jusque sous son bandeau le Comte.

Lors Misayre, ne sachant plus que faire pour provoquer l'Ennemie, agite la pièce sous le bec du faucon, kss-kss La Dame, fais ton office !

Il y a dans l'atmosphère décidément trop de désordre, dans les phrases et les gestes trop de mal — et de sous-entendus pour un simple tiercelet, même de cour ; celui-ci s'arrache au poing seigneurial et prend son vol, advienne que pourra.

Chapitre vingtième,

avec d'amples mouvements de population.

Advient le soir même qu'on accourt se gausser de Misayre, il a bonne mine avec ses invendus ! Allons, qu'il se remette aux socs, aux serpes, aux louchets !

— Riez, riez ! dit-il. Vous devriez plutôt quitter Fouïch, chercher refuge.

On n'en a cure, c'est à son fatras plutôt de vider les lieux, quand compte-t-il nous en débarrasser les rues et la vue ?

— Patience ! dit-il. Les déménageurs ne sauraient tarder.

Advient dès le lendemain — quiconque plane le note : gerfauts et tiercelets, hobereaux, éperviers, crécerelles, et jusqu'aux buses le remarquent — advient qu'en trois points cardinaux (est, nord, sud) le château baille trois serpents de poussière, trois messagers ventre à terre à destination des Rois, des Papes, des Empereurs, pour leur faire connaître qu'un stock d'armes inouï est disponible, forgé de l'année, au plus offrant. La bosse du commerce pousse au Comte Gauthier sur son tard, entre autres bubons.

Advient bientôt — les émouchets l'apprennent aux laniers qui le répètent aux émerillons qui le rapportent aux tiercelets qui l'entendent malgré leurs chaperons de cuir, et jusqu'aux buses le sauront — advient qu'en trois points cardinaux (sud, nord, est) l'horizon crache trois nuages de poussière, trois armées venant prendre livraison, depuis Rome, la Castille et la France.

La peur divise en deux le bourg. Les uns se conforment à la tradition, et montent au château demander l'asile. Le Comte Gauthier paraît à un balcon et promène au-dessus de leur foule ses bras squelettiques.

— Entrez si vous voulez, leur crie-t-il, mais vaines sont vos craintes : il ne s'agit que d'une vente aux enchères.

Les autres se confient au hasard de la forêt, méfiants — et c'est peu dire — envers l'actuelle aptitude du Comte à soutenir un siège, celui de la Comtesse excepté.

A l'annonce des trois nuages Misayre s'est ensoleillé, La Mort vient, *mater nostra*. Il a chassé de sa demeure Blanche et Baptiste, Dieu les prenne en Sa sauvegarde, et, seul de tous, il reste au bourg, suant, cognant, sourd, forgeant les clous de son cercueil.

Advient que les trois nuages fondent sur Fouïch. De l'un pleuvent — laine et sarrau — des reîtres maures. Du deuxième — cuirs et peaux — des échalas blonds. Du troisième — velours et

148

satin — aussi propres qu'allant au bal, des cardinaux adolescents. Leurs destriers sont, dans l'ordre : isabelles, rouans, aubères.

Chaque faction, feignant d'ignorer les deux autres, prend un côté de la place, établit ses quartiers contre l'arsenal. Les feux de camp hissent dans la nuit leurs panaches qu'un tourbillon de vent force un instant à s'incliner les uns vers les autres ; pour ce soir il ne sera pas davantage sacrifié à la courtoisie.

En français, en latin, en espagnol, les chansons joutent un moment, puis les ronflements. Misayre, d'entre ses volets, pour fuir le sommeil dénombre les dormeurs. Deux cent vingt-six, deux cent vingt-sept, deux cent vingt-huit... Parmi eux, forcément, l'Ennemie.

Au matin, chaque faction dépêche des experts qui examinent l'amas. Bardés de fioles, d'alambics, de cornues, hérissés de toises, de lunettes, de balances, ils mesurent, sondent, scrutent, prélèvent, grattent, pèsent, tapotent, rayent, livrent aux acides et réactifs avant de chacun livrer rapport à son état-major. D'où il ressort, petit un : qu'ils certifient l'acier de qualité ; petit deux : qu'ils regrettent le manque général de finition, mais conviennent qu'il est plus dommageable à l'esthétique qu'à l'efficacité ; petit trois : qu'ils stigmatisent la déplorable présentation d'ensemble, la qualifient même d'insultante.

— Insultante ? fait répéter (cuirs et peaux) le Connétable.

— Insultante ? fait répéter (laine et sarrau) le Campeador.

— Insultante ? fait répéter (velours et satin) le Cardinal en chef.

— Insultante ! réitèrent les experts.

Respectivement par les faces Nord Est et Sud, Cardinal Connétable et Campeador se font transporter au faîte de l'amoncellement.

— Mon expert me dit...

— Le mien itou.

— Semblablement.

L'échalas blond, le reître maure et le pourpre adolescent. Ils sont comme trois mouches sur cette viande de métal. Ils attendent en se lissant les pattes que le vendeur se manifeste.

Et Misayre, jubilant, que La Mort. Dans sa maison il égrène prière sur prière, faisant d'elles un amas symétrique de l'autre, avec les mots et les phrases pareillement en désordre comme sur la place les bras et les jambes des armures.

Le Comte Gauthier passe sur ses remparts. En litière, pour avoir à côté de soi la Comtesse Catherine de qui le désir ne le quitte. De là, contemple appâts et chalands. Beau succès pour un novice du négoce, s'applaudit-il. Pourtant il n'estime pas devoir déjà descendre et procéder, de la clientèle peut encore survenir, ma mie.

Mais les jours tombent, goutte à goutte, sans qu'aucun Cheikh, aucun Mogol, ni le plus petit Khan ne se joigne au chrétien trio de postulants.

Puis la très noble et très incandescente a ses règles : le Comte se retrouve sans prétexte pour ne pas aller ouvrir la vente.

Il se met en grand appareil, habillé de pied en cap, huit écuyers pour suite et deux faucons au poing. (A vrai dire : empaillés, mais qui regardera de si près ?) Sur sa bannière sa devise étincelle : « *Touches-y si tu l'oses !* » On ne verra pas de si tôt un plus fringant commissaire-priseur.

Chapitre vingt et unième,

où le Comte sans le vouloir
rapproche Misayre de son but.

Quand, par le quatrième côté (Ouest) de la place, le Comte de Fouïch arrive au pied de l'amas, fièrement il lance vers la cime et vers les plus hauts dignitaires que le bourg ait jamais reçus — si, naturellement, on excepte les prétendus visiteurs de Misayre...

— Messieurs, j'attends vos offres !

Tirés d'ennui, Cardinal Connétable et Campeador s'entreregardent, s'entresourient. Le reître parle pour trois :

— Es-tu le seigneur du lieu ?

— Dieu l'a voulu et n'a pas fait connaître qu'Il S'en repentait. Comme Il a voulu que soit notre sujet le forgeron de tout ceci, lot à débattre. Encore un coup, messieurs quelles sont les offres ?

— Quelle est la tienne, baronnet ? Qu'offres-tu, baronnicule, pour que nous te dégagions de l'encombrement ? glapit là-haut l'échalas blond, et ses collègues gloussent.

— Combien proposes-tu, enchaîne le pourpre adolescent, pour que nous te débarrassions de ce trop-plein qui risque (à Dieu ne plaise !) d'attirer sur ton fief des hordes de voleurs, des régiments d'assassins, y as-tu songé ?

Trois rires, de l'Éminence et des deux Excellences, bondissent et rebondissent, de plastrons en dossières, de cimiers en jambières, cabriolant jusqu'au Comte Gauthier. Il leur accorde la compagnie du sien, très volontiers, et voilà quatre rires gambadant par la place. Auxquels s'empressent de se joindre ceux de chacune des factions, et leur farandole couvre le feulement des épées issant des fourreaux.

— Vous n'auriez pu, tousse le Comte, trouver oreilles plus amoureuses de la plaisanterie que les nôtres, ne craignez d'en user, vous ne sauriez en abuser. Pensez seulement à nous faire connaître vos offres avant que nous ne vendions au Sultan de toutes les Arabies dont l'émissaire est en notre château, arborant d'une main sequins et douros, de l'autre l'impatience de son yatagan.

Un émissaire du Sultan ! Le trio s'ébaudit : « *Baronissime, que ne le disiez-vous ! Ne ne saurions rivaliser. Compliments et adieu.* » Avec ensemble, Cardinal Connétable et Campeador tournent le dos comme s'ils allaient redescendre chacun vers son camp — pour le lever. Puceau s'il en fut dans l'art du bluff, le Comte Gauthier cède aussitôt :

— Non, non ! Messieurs, nous badinions ! Vos enchères, de grâce !

De face à nouveau, Cardinal Connétable et Campeador. Et ce dernier d'ouvrir :

— Pour tout ce lot d'armes et d'armures, pour ces cuirasses, ces heaumes, ces lances et ces masses, pour ces glaives aussi, au nom de l'Empereur : un radis !

Et les autres aussitôt :

— Au nom du Pape, deux navets !

— Au nom du Roi, trois châtaignes !

Et quatre nèfles ! et cinq pruneaux ! six noix ! vingt-huit courges ! quatre-vingt-deux pois !

Éminence et Excellences crachent ces mots comme noyaux vers en bas le nobliau qui, selon les propres termes des rapports d'expertise, les a insultés et, par-delà, Empire Église et France.

— Cent trois étrons pour ce merdier ! tonne l'échalas blond.

— Messieurs ! n'en revient pas le Comte. Messieurs, qu'est-ce ?

En chœur les trois C font sonner du talon l'édifice sous eux des pièces détachées, renvoyant la balle :

— Et ceci qu'est-ce ? Nous prends-tu pour des crocheteurs, des rapiéceurs, des puzzlomaniaques ?

Jubile Misayre derrière ses volets et devant la montée du venin : La Mort ne va plus pouvoir longtemps esquiver ses devoirs.

Sur le Comte déferlent les injures, castillanes, latines, françoises et riveraines. Le Cardinal improvise un anathème. Occasion sur quoi saute notre Comte pour offenser la pudeur, lacérant du poignard ses étoffes de cérémonie, exposant son torse étique, les saillies de son bassin, tibias, péronés, tout jusqu'au moindre métacarpe.

Les faucons naturalisés en tombent en poudre, les écuyers s'enfuient, la nudité de leur seigneur en croupe. Cardinal Connétable et Campeador prient leurs hérauts de procéder aux sonneries d'usage, et La Mort se présente enfin, garde-à-vous.

— Je te vois me venir ! ouvre grand ses volets, la défie Misayre, suçotant *Confiteor*.

De la place l'Ennemie le regarde : l'homme au tabouret, au soufflet, au pommier, à Diable sait quoi encore, têtu comme vingt baudets. « *Tu ne m'induiras pas en tentation...* » serre-t-elle les dents.

Puis elle prend la direction de la forêt avec les escouades chargées d'en rapporter vivres et matériaux de construction. Tandis que les uns chassent et que les autres scient, elle braconne dans les taillis, débusque des familles qu'elle pousse vers dagues et hallebardes, jeu d'enfant. Plus tard, une fois rassurées les panses et menuisées les échelles, elle monte vers les remparts à l'assaut, dans l'hétéroclite cortège des Papaux, des Impériaux et des Royaux, des satins et des peaux, des laines et des cuirs, des velours, des sarraus.

— Tu me fuis, poltronne ? la provoque Misayre.

Il lui semble que, de la faux, l'Apostrophée lui

adresse un signe de dédain. Il hésite s'il doit la poursuivre ou rester.

Ni l'un ni l'autre. Il grimpe s'allonger au sommet déserté de sa production, la tête sur le tabouret du Connétable, les fesses sur celui du Campeador, les pieds sur celui du Cardinal. La Mort repassera par là, c'est obligé.

Misayre a pris pain et vin avec lui, une gourde, une miche. Le vent lui apporte cris et odeurs : des nouvelles du château. La besogne y va bon train, dirait-on.

Chapitre vingt-deuxième,

où La Mort,
pour se faire comprendre,
paie de nos personnes.

Après une semaine le pont-levis restitue velours sarraus et cetera, les lambeaux de la troupe. L'adolescent a mûri, le reître s'est si possible encore tassé, l'échalas encore amaigri. Ils se traînent chacun vers ses quartiers, hélant muets chacun les siens, remettent sine die Te Deum et cantiques ; harassés s'évanouissent à l'entrée des tentes. Dans le lacis de leurs repos, timidement un boulier cliquette : La Mort faisant ses comptes.

Du haut de la pile, Misayre l'appelle :

— Je suis prêt, quand tu veux.

Elle dresse une phalange devant ses maxillaires, chut il va la faire tromper.

Une nuit file, que pourchasse une aube, que pousse un jour, qu'un crépuscule harcèle. Batave, arabe ou tibétain, tous les modes de calcul ont livré approximativement le même bilan, dix-neuf cents mortels et quelques de dépêchés au Jugement du Père : les Anges n'ont pas le temps de parler sexe, ne chôment pas, qu'ils soient convoyeurs d'âmes, huissiers au Paradis, greffiers au Tribunal céleste.

Puis La Mort rôde parmi la glauque léthargie des camps, en quête des trompes des hérauts. Elle embouche à la fois la castillane, la romaine et la françoise, sonne. Sonne. Sonne. Encore assoupis les bœufs de la guerre reprennent leurs tracés de sang.

Tournant autour du monticule pour la convoitise duquel chacun est venu mais qu'aucun ne semble plus voir, les Papaux étripent les Impériaux profitant de ce que ceux-ci s'épuisent à égorger les Royaux dont les flèches agonisantes trouvent un reste d'élan pour se planter dans le dos des Papaux.

Sans qu'une seule s'égare en direction de Misayre. Non plus qu'une seule dague, qu'une seule lance. La Mort, quoi qu'elle en ait, ne faiblit pas dans sa résolution, elle ne touchera pas Misayre. Mais elle se donne, juste compensation, quartier libre pour le reste, et c'est-à-dire : pas de quartier.

Jusqu'aux bruits meurent, jusqu'aux odeurs, jusqu'aux vents chargés de les porter. Le forgeron agenouillé prie *Pater omnipotens*, si Vous pouvez quelque chose, de la faire venir, j'ai assez langui.

Sur le poing qu'il brandit vers le ciel, un tiercelet fond.

— Pauvre ! lui dit tendrement Misayre, fuis !
Je ne suis ni ton oiseleur, ni le Comte.

— Tu es Misayre, cela n'est que trop su, dit La
Mort, et je suis celle que tu as fait venir ici. Je
voudrais t'emmener contempler notre œuvre.

Et l'oiseau s'envole, soulevant le bonhomme.

Et l'oiseau survole bois et forêts pour
commencer. Il fait patiemment constater qu'aucun bourgeois n'a réchappé, de tous ceux qui
avaient fait le choix de s'y réfugier ; qu'aucun
villageois non plus. Alentour leurs moutons
broutent une herbe noire.

Ensuite, au-dessus du château. Penche-toi
Misayre et note l'extinction d'une lignée : sous
son baldaquin le Comte Gauthier est traversé de
la même pique que sa très gente très ardente
éteinte épouse. L'oiseau fait remarquer encore :
Abbé, moines, gentilshommes, artisans et serfs
décorés de corbeaux identiques ; il y va de son
couplet sur la vanité, devant La Mort, des conditions. Et pour clore le tour, l'oiseau dépose
Misayre sur un créneau en contrebas duquel le
clapotis des douves achève de séparer les corps
noyés de Blanche et de Baptiste, de la femme et
du fils.

— Sur deux lieues à la ronde, dit La Mort,
personne en vie.

— Je le vois bien, dit Misayre.

— Toi seul demeure. Comprends-tu maintenant ?

— Tu m'épargnes ?

— Je n'appellerais pas ça comme ça.

— Et comme l'appellerais-tu ?

— Je dirais que je te condamne.

— A ne pas mourir ?

— A ne jamais, sourd que tu es. Tu me verras faucher générations et générations, tu ne connaîtras pas le repos d'être fauché. Entends-moi cette fois, et ne te mets plus à l'avenir entre les mortels et moi, merci d'avance.

Bleu comme le blason de France est le ciel. Un instant, en s'éloignant, le tiercelet y fait une grise fleur de lys. L'instant d'après il est comme un point sur le O du soleil. Puis il s'efface, laissant le firmament aux vautours et à l'effarement.

LIVRE SIX

Le Dit du pendu

Chapitre vingt-troisième,

où Misayre est seul
puis ne l'est plus
puis l'est encore.

Nouvelle période sans sommeil. Chez un autre, peut-être, ce serait de/pour réfléchir à ce qu'immortalité signifie et entraîne. Chez Misayre non. A quoi bon perdre son temps en hypothèses si La Mort a menti ? Or, l'ont prévenu Gina Sophia Claudia : « *La faux est son outil et faux sont tous ses dires...* » Ou bien elle a énoncé la vérité, auquel cas le temps ne manquera pas pour remuer le mot d'immortalité, ses sens et facettes. Il y a pour l'instant plus urgent.

Misayre passe semaines et semaines à hisser sur sa charrette corps et corps, à convoyer, déverser, creuser, bénir, couvrir de terre. Méticuleusement il rend son nom à chaque crâne, rassemble les familles, ici les Buc et là les Sentonac, veille avec le dernier soin à ne pas mêler un Naudy au tombeau des Salvaing.

Tels quels il enterre Comte et Comtesse : unis par le fer qui les a saisis (ou portés ?) au plus haut de l'orgasme. Auprès des étrangers il s'excuse d'ignorer leurs patronymes, leurs langues, leurs rites spécifiques ; les trie simplement par l'étoffe, les sarraus d'un côté, les velours de l'autre, et séparément les cuirs-et-peaux. Il attribue aux généraux (Cardinal, Connétable, Campeador) le dessus des fosses, qu'à l'heure de la Résurrection ils connaissent au moins la gloire de paraître en tête de leurs armées.

Parfois, pour pause il tire un pipeau de sa ceinture, joue aux partants une ritournelle. Pour ultime devoir il a gardé Baptiste et Blanche, l'enfant et sa marâtre. Il les extrait de la croupissure des douves, les transporte jusqu'aux berges de la rivière appelée Vic-de-Sals, les baigne dans sa limpidité, puis leur confectionne — loin des autres — la tombe la plus spacieuse : ils n'ont jamais connu que l'étroit du monde.

Au tour des armures. Pièce à pièce il les reconstitue, puis de nouveau les aligne ; mais cette fois dans le château même. Il déploie aux tourelles d'aveugles guetteurs, aux remparts et au pont-levis des sentinelles sans mots de passe ni relève. Il en dispose dans la cour, jouteurs figés ; dans la chapelle, immobile procession. Quant à la dernière, Misayre la descend, prisonnière sans rêve, aux oubliettes où depuis longtemps Antoine, baron d'Orlu, s'est fondu dans sa chevelure et celle-ci dans le salpêtre du mur.

Cela fait, le forgeron se sent Dieu au soir du Sixième Jour, s'endort.

Qui porta le bruit — les faisans ? les furets ? les lièvres ? — l'incroyable bruit qu'une terre existait sans plus de maître. Dans les fiefs d'alentour, on est quelques serfs à décider d'y aller voir.

A quatre pattes on se glisse hors de nos cabanes; en rampant, hors des domaines de nos seigneurs. On entre dans Fouïch à croupetons. La couleuvre a dit vrai — ou le sanglier, si c'est lui. On frappe aux huis : n'y loge que l'écho. On monte au château : n'y règne que l'absence, conclut-on quand dix fois l'audace de nos frondes est allée gifler la morgue des heaumes sans nous valoir de réplique.

Les plus timides trouvent là de quoi s'intimider, ce Paradis est un leurre prédisent-ils, tôt ou tard s'avérera l'Enfer, Dieu a créé les maîtres. Il avait Ses raisons. Ceux-là repartent. Mais de plus hardis parlent de s'intaller, poussent plus avant la visite.

Dans un grenier on découvre, emmailloté de paille, un dormeur. Sa vêture n'est pas la nôtre, mais n'est pas d'un noble, encore moins. On le secoue, on voudrait confirmation que le pays est libre.

— A qui appartient la ville ? demande Bascou.
— A qui les champs ? demande Esquirol.
— A qui les araires ? demande Piquemal.
— A qui les rouets ? demande Delpy.

Sans daigner rouvrir l'œil, le dormeur répond, ou peut-être songe :

— A moi désormais. Et le ciel m'appartient. Et toujours la forge. Et la ramure des cerfs, et l'eau qui sourd, et l'odeur du foin, la rumeur du torrent, l'orgueil du frêne, l'effroi des orfraies. Et les vers dans les poutres, et la poire pour la soif, le nécessaire et le superflu. Et la forge. Et les départs le cimier léger, et les retours le sabot ensanglanté, et la dîme, les corvées, tous impôts. Et le temps, surtout. Ainsi que la forge. Et chaque quartier de lune, et jusqu'à l'obstination des pierres, et les grandes choses et les petites, et la chiure en personne des mouches — énumère-t-il avec une somnolente, cahotante mais pointilleuse obligeance.

— Combien de soldats sous tes ordres ? ne manque-t-on pas de demander.

— Toutes les heures qui sonnent, et tous les silences qui les séparent — se retourne le dormeur comme un qui n'en dira pas plus.

— Pendons-le ! propose Rougalle.

On juge que c'est bon sens, un tyran a si vite fait de pousser, et la sentence s'exécute au premier arbre qui semble idoine, un cerisier.

Puis on s'égaille chercher les siens : pays libre se partage.

Chapitre vingt-quatrième,

où pour en avoir le cœur net Misayre se divise en deux.

Pomme de reinette ou pomme d'api, on ignore tout du fruit que donnait le pommier auquel jadis Adam dut d'être mortel. Mais presque rien du cerisier à la branche duquel, enfin, Misayre va se persuader qu'il est immortel.

Cet arbre, longtemps, sera connu dans le Comté pour porter, fantasque, des griottes une année, des bigarreaux celle d'après, la troisième : des marasques, ainsi de suite. Il durera plus qu'aucun cerisier au monde, et sa gloire enflera jusqu'à parvenir vers mil six cent soixante-dix aux oreilles rivales des fameux botanistes Robert Morison et Pierre Magnol. Ceux-ci formeront l'identique et convergent projet de venir à Fouïch, qui d'Angleterre et qui de Montpellier, vérifier trois étés d'affilée la réalité du prodige.

Leur première, simultanée mais concurrente visite-dégustation tombera une année·à bigarreaux. En escarpins à boucles étant donné leur rang, mais en chapeau de paille étant donné les guêpes, Magnol et Morison quinze jours durant goûteront, compareront, pousseront la rigueur scientifique jusqu'au bord de la dysenterie, puis se donneront rendez-vous dans un an, même ville, même heure, même arbre.

Las ! L'automne d'après, Dieu — par inadvertance ? ou lassé de Son propre miracle ? — posera sur la cime de l'arbre l'un des doigts de Sa foudre. Le phénomène restera donc pour les deux célèbres savants un bigarreautier des plus banals, indigne de figurer dans les nomenclatures ; mais planté pourtant dans leurs symétriques souvenirs à équidistance entre leur dédain pour la superstition et leur amour de l'improbable.

Un litige subsistera jusqu'à nos jours, et, si quoi que ce soit doit leur survivre, leur survivra car cette chronique ne tranchera pas sur le point en débat, à savoir : si cette rotatoire singularité du cerisier préexista à la suspension sur lui du forgeron (et, peut-être, la suscita, mais comment ?...) ou si elle ne se manifesta qu'ensuite (et, peut-être en découla, mais par quelles voies ?...)

Laissons la question pendante, revenons en arrière, au pendu.

Et hop ! la corde au cou ! hop la corde en branche ! pour le somnambule aux songes de possédant universel, hop ! hop ! Quoique rendus fiévreux par l'utopie, on s'est appliqué à nouer, à serrer, à tirer, à nouer encore, tout bien comme il se doit : de la manière que, serfs, on a toujours vu les pendarts des seigneurs procéder.

Et lui, Misayre : tout aussi consciencieux, jouant studieusement sa partie de gibier de potence, fournissant les signes extérieurs congrus. Mais, si haut qu'il dresse les cheveux, si bas qu'il tétanise les orteils, si noire qu'il tire la langue, si roide qu'il bande la verge, et pour exorbités qu'il roule les yeux, il ne sent pas La Mort le besogner. Non, pas le moins du monde, ou du moins pas davantage que le jour de *toca, potro y garrucha*.

— La pendaison... note-t-il en lui-même comme s'il pensait déjà que de telles observations lui seront, aux avenirs, utiles... que dis-je ? nécessaires... qu'écris-je ? indispensables !

— La pendaison comparée à la *garrucha* : allonge mieux son homme. Pour le reste : mauvais moment à passer, sans plus.

De l'autre côté de ce moment, Misayre se tient pour défunt malgré tout, en pendu qui se respecte. Et bientôt, lorsque deux gypaètes s'aventurent à venir flairer sur lui la promesse d'une charogne, il s'empresse de reconnaître en eux deux Séraphins masqués et invite son âme, quoiqu'il ne l'ait pas rendue dans les formes, à leur emboîter le vol.

— Où crois-tu nous suivre ? demandent les rapaces quand ils s'aperçoivent de la compagnie.

— Où Dieu veut que je sois.

— Et c'est-à-dire ?

— En Enfer, je crains, dit l'âme de Misayre.

— Mise comme tu es : probable. Avec ce collier, surtout.

— La volonté de Dieu soit faite. Daignez l'accomplir.

Les oiseaux cancanent, stridents. Il y a méprise, ce n'est pas rare : nécrophages, on les prend pour psychopompes. Et quoiqu'ils n'aient, de Dieu que ce soit, aucun mandat pour mener âme que ce soit où que ce soit, ils ne refusent pas toujours de dépanner.

Ils doivent en effet à leur curiosité spéculative autant qu'à leurs habitudes alimentaires d'avoir découvert maints séjours de trépassés, lieux de délices ou de supplices : Géhenne, Pays de Yama, Nirvana, Hadès, Champs Élysées, Orcus... Ils savent ceux qui sont accessibles mais hélas surpeuplés, et ceux qu'un caprice de la mode ou quelque putsch métaphysique a quasiment vidés. Il n'est guère que les anges et les djinns pour mieux connaître qu'eux les géographies de l'Outremonde. D'une part...

D'autre part la vogue dans leur biocénose est à la chair humaine faisandée mais sans trop. Il ne convient pas que l'âme y ait exagérément traîné ses guêtres et ses états une fois La Mort passée. La gourmandise, ici, ne se plaint pas de la charité : plus vite les âmes errantes sont guidées jusqu'à destination, meilleurs sont au bec les corps qu'elles délaissent.

D'où vient, trop sceptique lecteur, que ces

170

deux gypaètes peuvent et veulent secourir l'âme du forgeron.

— Soit, dit le premier, prenant de l'altitude. A tes ordres ! Direction l'Enfer !

— Mais, remarque le second, l'Enfer, c'est vague ça, l'Enfer ! Précise un peu. L'Enfer, quel cercle ? quel quartier ? quel bloc ?

L'âme de Misayre n'en sait fichtre rien, n'a jamais entendu parler de ces subdivisions, bien le pardon.

Ils survolent des forêts obscures où toutes voies semblent se perdre, l'âme de Misayre croit toucher au but, « *Encore un effort...* » la détrompent ses compagnons.

Ils survolent d'éructants volcans, elle se met en posture d'y plonger, « *Tricheuse !* » la retiennent ses cicérones.

Ils survolent d'abyssales crevasses, de fumants solfatares, de bermudéens triangles, survolent leur survol même et des cyclopes à l'œil vertigineux, n'arriverons-nous jamais ? demande-t-elle, « *Toujours trop tôt...* » répondent ses initiateurs.

Ils survolent des étendues moitié sable et moitié glace, pénètrent dans des murailles de nègres nuages, s'enfoncent dans l'ocre de canyons sans air, et n'en sortent que par la ténèbre et la tempête de grottes où des bourrasques les précipitent du t torride des stalactites au marécageux m des stalagmites. L'Enfer est-il le chemin vers l'Enfer ? interroge l'âme de

Misayre, et c'est l'instant précis où · l'horizon s'élargit sur la tendresse d'une campagne à collines, cyprès et cépage de malvoisie, et où : « *Nous y voici !* » annoncent les oiseaux.

Un étang dort là, avec des cabanes sur pilotis, des filets qui sèchent, des lignes qui penchent, des anophèles par nuées.

Chapitre vingt-cinquième,
qui transporte dans l'Au-delà.

Les anophèles ? En fait : des âmes. Celle de Misayre plonge, les découvre, se regarde. Elle aussi a ce transitoire semblant de corps dessiné d'un trait si léger que la moindre brume l'effacerait, six pattes, deux ailes, et une tête d'épingle.

Quelqu'une l'apostrophe : « *Derrière !* » Ah bon, il faut faire la queue ? Elle s'y met, rencontre des airs d'épouvante, de fureur, de honte, de résignation, en adopte un de cette dernière catégorie. Elle adresse un signe d'interrogation aux gypaètes, est-ce qu'ils pourraient rester par là, à l'improbable cas où les Enfers ne voudraient pas d'elle ?

Les deux oiseaux se consultent, consentent, soit, mais pas plus d'une heure. Ils guignent un toit de libre, il n'y en a pas : partout des Anges gardiens attendant que leur protégée soit prise en main. Ils se posent, tant pis ces messieursdames se serreront. Les Séraphins s'avèrent courtois, replient leurs ailes ; les Chérubins en revanche leur battent froid, imposteurs.

Autant de files que d'entrées, autant d'entrées que de pêcheurs, autant de pêcheurs que de cabanes. Celui de qui l'âme de Misayre approche, peu à peu, est un enfant, blond et las, assis les jambes nus et pendantes au-dessus d'une eau parfaitement transparente vue d'ici, alors qu'opaque l'instant d'avant, vue du ciel.

Nul poisson, semble-t-il ; et cependant des cannes à pêche ; pour quel usage ? L'enfant pose et reprend la sienne à intervalles brefs et réguliers. Entre-temps il paraît marmonner, écouter, marmonner, puis il effectue une série de gestes, toujours les mêmes, chirurgicaux. Il arrache aux anophèles l'aile de droite, l'aile de gauche, patte après l'autre, se jette enfin leur thorax dans la bouche, au suivant.

— Provenance et patronyme, marmonne-t-il.

— Fouïch. Misayre.

L'enfant reprend sa canne à pêche, répète : « *Fouïch, Misayre* ». La ligne au fond de l'eau court dans l'herbe infime comme un doigt sur un texte.

Après un long moment, l'enfant :

— Misayre, je n'ai pas ce nom, dit-il.

— A-y-r-e.

— Je n'ai pas ce nom, redit-il, surpris, sévère.

— Pardon de vous avoir dérangé.

— Oh non ! Ne crois pas si vite repartir ! Personne n'arrive ici par inadvertance. Encore moins par erreur. Patiente !

L'enfant pose sa canne à côté de lui, siffle. Des

pucerons déferlent. Il leur désigne l'âme de notre héros.

— Pour escorte et vérification. Le patronyme serait Misayre, la provenance : Fouïch.

Il ouvre grand la bouche. S'y engouffre le tourbillon d'insectes, parmi quoi l'anophèle suspect.

Cavernes, corridors, sas. Et soudain un espace sans fin ni fond, tout en vitres, hangars, escaliers, treillis, passerelles, trappes et guichets. Les planchers y sont autant de miroirs sans tain : d'un niveau donné on voit tout des inférieurs, rien des supérieurs. Après ça, qui douterait que voici l'Enfer ?

Baste sur ces lieux, c'est déjà trop de dit. Qu'il suffise de savoir que décidément oui la chambre de Tantale existe, et celle de Sisyphe, celle de Goriot, celles de K., et celle des jours longs comme des jours sans pain, celle des questions sans réponse, celle des verdicts sans procès, celle des amours non partagés, tous ces huis clos.

A tous successivement les pucerons bruissent. A chacun paraît un visage d'enfant, lunaire et blond, calque de celui d'en haut. A aucun le nom de Misayre ne dit rien, ils compulsent des registres prospectifs, inconnu au bataillon, même a-y-r-e, même dans dix ans, non, personne du nom n'est espéré par les Danaïdes pour les aider à emplir leur jarre, désolé, essayez la porte d'en face. En face, navré, Procuste non plus n'attend pas de Misayre pour se mettre au lit.

Il faut se rendre à l'évidence, les pucerons s'y rendent, et remontent vers le jour. Sas, corridors, cavernes. L'enfant bâille. D'entre les dents lui sort un boisseau d'aphidiens, parmi quoi l'anophèle, intact.

— Adieu! le raille l'âme de Misayre.

— Qui mourra verra, grogne l'enfant et marmonne Au suivant, provenance, patronyme...

Les gypaètes sont toujours là, grand merci. « *Quand nous avons vu qu'à l'entrée le sale gosse ne t'arrachait pas les ailes...* »

— M'emmènerez-vous au Paradis? demande l'âme.

— Pardi.

Chemin faisant — interminable chemin : brousses, puis steppes, puis déserts — les rapaces se délectent, « *Raconte, raconte...* », mettent à jour leurs connaissances, « *Ah tiens! plus de cercles? des étages! astucieux...* », prennent des nouvelles, « *Aperçu Abélard? et le Pape Anaclet? Et l'Abbé Suger, foutu chasseur?* »

Ce que l'âme du forgeron a surtout noté, ce à quoi elle revient sans cesse, ce qu'elle ne se lasse pas de commenter : les feux d'Enfer, ah vous auriez vu ça. Des fourneaux hauts comme dix hommes. Des chaudrons, des troncs, des ruisseaux de feu, devenant des billes, des barres, des plaques, des cerceaux, des lingots de fer. Seul inconvénient, de taille : le nombre d'ouvriers, considérable. Mais ne pas s'étonner, l'Enfer c'est l'enfer, pour les employeurs aussi.

Le sujet passionne tant les gypaètes qu'ils en négligent le paysage, et pour un peu ils manqueraient, cinq cents mètres à l'aplomb de leurs serres, la carcasse d'un chameau. Dont l'odeur, grâce à Dieu, s'élève, inéluctable, presque palpable. De mauvais gré ils suspendent la conversation, et invitent l'âme de Misayre à piquer vers le sol.

— Allez-y, vous ! Très peu pour moi, décline-t-elle.

— Au contraire. Pour nous ce n'est qu'un leurre et on s'y est déjà cassé le bec. Mais pour toi c'est le terme. Va.

— Et si quand même... Et si jamais... Attendez-moi, mes gentils guides !

— A quoi bon ? Tu n'étais pas sur la liste là-bas, il faut donc que tu sois sur celle d'ici, c'est l'une ou l'autre.

— S'il vous plaît... insiste-t-elle.

Les oiseaux se consultent, consentent, soit mais pas plus d'une demi-heure. Ils lorgnent alentour, remarquent maintenant, à la crête des dunes, des myriades d'anges poireautant. Pour se faire une aire il va encore falloir laisser des plumes.

L'âme de Misayre prend sur elle et son élan, tombe en vrille, se retrouve chenille au sol, parmi une procession de larves. Elles rampent jusqu'au chapeau, y pénètrent.

Surprise : de l'intérieur la carcasse embaume. Magie : d'ineffables fragrances entraînent âme après l'autre dans leur spirale ascensionnelle, tissent autant de cocons. Joie, pleurs de joie : au bout du vertige s'étire une suave prairie, au milieu de laquelle, planté là, inepte en apparence, vestige ultime d'un bâtiment rasé ou prélude oublié d'un projet délaissé, un portail de vermeil aux deux vantaux presque entièrement tapissés de lépidoptères.

Un homme se tient devant, un Saint c'est manifeste, auréolé. Mais qui n'est pas Pierre, l'âme de Misayre n'en a pas de déception. A la ceinture du Saint pend pourtant le fameux trousseau de clés. A la main il tient un jonc mince au bout duquel un filet conique. Et de courir, et de sauter, et de se tapir, et de bondir pour retourner soudain son filet sur l'immobilité d'un papillon.

Quand il en attrape un, et c'est à tout coup car nul n'a dans l'idée de lui échapper, invariablement il s'agenouille, sort de sa poche une loupe, l'approche des ailes de cette vanesse ou de cet argus, se penche, déchiffre on ne sait quoi. Puis, invariablement il se relève, farfouille de ses clés dans trente-six serrures, s'il ne s'agissait pas de *cette* porte ce serait à perdre patience. Mais enfin il l'entrebâille, oh d'un doigt, juste de quoi laisser passer, bombyx ou machaon, un bienheureux de plus. Aussitôt fait, la repousse et la boucle à tripe et sextuple tour de ses trente-six clés, et reprend son filet, ses sautillements.

L'âme de Misayre quand vient son heure d'être capturée, rompt cette routine. Le Saint approche et rapproche sa loupe, la tourne et la retourne, par exemple ! un intrus !

— Tu n'as pas la marque ! finit-il par dire.

— Et toi, tu n'es pas le portier, répond l'âme de Misayre.

— Suppléant. Le titulaire est en déplacement.

— Encore !

— Encore. Mais pas plus que moi il ne pourrait lire ce qui n'est pas écrit.

— Je ne suis pas élu ?

— Certes pas.

— Mais je ne suis pas damné non plus !

— Les mystères ne sont pas de mon ressort.

— Du ressort de qui ?

— Si tu ne le sais pas, c'est que tu n'as vraiment rien à faire ici. Allez, ton temps est passé et ma moyenne baisse. Adieu.

Et le Saint de secouer son filet par-dessus les nuages. Et l'âme de Misayre de se muer en chrysalide dévalant certaine spirale, puis en chenille s'extirpant de certaine carcasse.

— Recalée ? n'en reviennent pas les gypaètes.

— Je suppose que je n'ai plus qu'à regagner mon corps d'origine, me ramèneriez-vous ?

Les oiseaux se consultent, consentent, tant qu'à faire de rentrer : soit ! N'empêche, toute cette route pour un qui n'est pas mort ! du vent passera sur les monts avant qu'on les reprenne à jouer les bons Samaritains !

— Ne vous calomniez pas, dit l'âme de Misayre.

Quelque part entre Cancer et Capricorne ils survolent un chantier, tiens! que les oiseaux ne connaissent pas. Des architectes et des théologiens s'y affairent, débattent. Le trio se pose près d'un groupe de maçons, s'enquiert, qu'est-ce ?

— Une future salle d'attente. Paraît-il qu'Enfer et Paradis sont bondés, inaccessibles...

— Et ça s'appellera ?

— Lavoir. Ou purgatoire. C'est en discussion.

— Des inscriptions, déjà ?

— Pour des siècles. Voyez à la réception.

Les maçons, à travers l'enchevêtrement des échafaudages, désignent au loin un stylite dont la barbe a la longueur exactement de la colonne sur laquelle il est juché.

— Qu'est-ce qu'on risque ? reprennent espoir les gypaètes.

Ils se posent sur les épaules du stylite.

— Misayre, a-y-r-e, vous auriez ce nom ?

— Prénom ?

— Barthélémy, répond l'âme.

L'autre plonge les mains dans sa barbe, la remonte lentement, l'examine poil à poil des heures durant, puis hoche la tête.

— Des Misayre Baptiste : à la pelle. Des Paul, des Louis, des Robert, un Alphone. Aucun Barthélémy.

— Vous voyez bien, sourit l'âme de Misayre.

180

L'Enfer ne veut pas de moi. Le Paradis ne veut pas de moi. Et ici non plus, pas de place pour moi. Il ne me reste que la vie.

— Quelle horreur ! renifle le stylite.

Chapitre vingt-sixième,

où des lendemains déchantent.

Entre-temps, à Fouïch, une colonie de serfs s'est fondée, circonspecte. Dissimulée le jour derrière portes et volets. Travaillant de nuit, à la torche, les champs et les pâtures. On craint les anciens maîtres, leur châtiment. On redoute autant d'en attirer un nouveau, son avidité.

A propos des armes et armures qui hantent le fort, querelle. Les uns auraient voulu les conserver, « *on en aura l'usage contre les candidats exploiteurs* », avait dit Miquel, « *écoutez donc pousser leurs crocs !* » On dressait l'oreille mais on n'entendait rien encore. D'autres s'étaient déclarés pour la destruction de l'arsenal, « *les trônes naissent des épées* », avait dit Marfaing, « *jetons les unes, les autres s'écrouleront* ».

C'est à sa formule qu'on s'était rangés, et on s'emploie depuis à précipiter aux oubliettes les chevaliers et les gens d'armes déserts dont la proliférante inertie peuple le château. Leurs ferrailles, du fond des puits, n'en finissent pas de grincer.

— C'est de soulagement, explique Marfaing.

— C'est d'ironie, répond Miquel.

Heureuse époque. On pénètre où, serfs, on n'a jamais eu le droit : dans les églises. On pousse vers l'autel ceux d'entre nous qui passent pour ignorer le moins, on les nomme prêtres. Ils jargonnent six mots de latin, le reste en occitan, les vitraux sont nos témoins : nous voilà affranchis.

De jour et de nuit, on prie Dieu qu'Il veuille bien prolonger le miracle d'une vie sans seigneur. On s'organise par roulement et tours de garde, pas une seconde où notre piété n'émette.

Se vexe-t-il du chœur trop grêle, et patoisant ? S'inquiète-t-Il de l'absence de moines ? Ou bien trouve-t-Il le vœu impie ? Y entend-Il, à long terme, menace pour Lui-même ? Quoi qu'Il en soit, Il ne consent pas — comme on L'en requiert — à ternir si peu que ce soit la splendeur des blés.

— Dieu Très Haut, faites que nos épis soient gris comme la pluie, Le prie-t-on.

— Faites que leurs tiges pleurent comme les branches des saules.

— Enlevez-leur la grâce, piétinez-leur l'orgueil, faites qu'à personne ils ne fassent envie.

— Mais faites qu'épeautre ou touselle ce soit du blé, tout de même.

Las. Quand ce qu'on a semé paraît, l'éclat des épis répète celui du soleil. Surviennent dès lors, en deux temps, ceux qu'avait annoncés Miquel.

Marfaing en bat sa coulpe, et tous avec, de l'avoir écouté. « *Tant qu'il y aura des trônes, toutes armes seront bonnes* », leçon qu'on tire. Mais aura-t-on loisir de la réciter, jamais ?

Premier temps : de tous les horizons la plaine de Fouïch s'emplit de zélés intendants et de moissonneurs affamés parmi lesquels — depuis les combles où l'on se terre — on devine des cousins, des voisins, les pleutres qui ont tantôt préféré fuir plutôt que de vivre sans maîtres.

Les intendants s'extasient du prodige : ces blés surgis sans paysans ! Ils y réchauffent la secrète tiédeur de leur foi : dans leurs livres de dépenses et recettes, rarement Dieu Se mire... tandis que là : alleluia !

Poussant leurs chevaux derrière le sifflant va-et-vient des serpes, ils balancent sur les échines serves l'enthousiasme retrouvé de leurs fouets, et réclament, outre une augmentation de la productivité, quatre ou cinq psaumes, allons qu'on chante ! pour remercier le Ciel, son ban, son arrière-ban, car on n'aura eu qu'à se baisser pour la plus aisée des récoltes, avouez.

Les cousins ne mettent guère de cœur à chanter, eux savent d'où la manne a poussé, de quels bras. Mais ils n'en disent mot, évitent de trop regarder vers le bourg : qu'à défaut de nos récoltes, nos vies soient sauves. A nuit tombée certains nous portent même quelques bottes, quelques javelles.

184

Deuxième temps : tout le blé fauché, lié, chargé sur les charrettes, soudain de Massat et d'Orgeix, de Lardat, de Caychax, de vingt baronnies affluent des nobliaux criards, on n'a pas besoin de s'approcher pour reconnaître nos anciens maîtres. Tous postulent à la succession du Comte Gauthier, brandissant des arbres généalogiques péremptoires.

Sur un seul point ils tombent d'accord : ils jurent, tous et chacun, qu'ils n'iront, pour juger la cause, quérir personne, suzerain du Nord ou de l'Est, qui s'approprierait (pardi !) le fief. Et sans arbre aucun ! Sans la plus mince feuille, ni la moindre radicelle ! Mais avec force troupes. Pas d'arbitre ! Au jugement de Dieu !

Oc ! Oc ! Mais ce jugement, par duel ou par ordalie ? Et celle-ci : départageant les candidats par leur résistance au feu ? au fer ? ou au poison ? Et celui-là : à pied ou à cheval ? à l'épée ou à la lance ?

Ils disputent comme frelons sur un buisson. Cela dure et dure, jusqu'à ce que l'un d'eux suggère une issue inédite ; chevalier à la piètre stature il propose de s'en remettre aux dés. Ovation pour le novateur ! Dans les hautes sphères, cette année-là, ils ont le sang pingre.

Et donc ils étalent par les champs des carrés de laine, aux quatre coins desquels ils déposent glaives et bassinets. Pour signifier le pacifisme des intentions. Pour éviter, aussi, que le vent ne brouille les parties et n'excite la polémique.

Puis ils se répartissent en poules éliminatoires, d'après les origines géographiques ; Couserans, Pays d'Olmes, Bethmale, Val d'Aran. Ils agitent des cornets, alea jacta est.

Les moissonneurs profitent du répit pour s'assoupir dans les meules, ou perpétuer l'espèce.

A bonne distance de la noblesse comme des serfs, à bonne distance aussi les uns des autres, les intendants. Assis, adossés à l'ombre des vergers. Ils retrouvent dans l'oubli de leurs poches chacun son chapelet, en caressent gravement les grains, priant à la fois et calculant l'accroissement de chiffre d'affaires que leur vaudrait d'avoir à gérer la victoire de leur seigneur.

L'un est sous un cerisier. Il échafaude bientôt des comptes si faramineux que son regard s'élève et note au-dessus de son crâne : deux pieds, étrange floraison.

Et quelques jours après : banale.

Le concours de dés livre son lauréat. Celui-là même — chevalier aux tristes bajoues mais aux doigts subtils — qui en avait lancé l'idée. Couronné Comte sous le nom d'Adrien, c'est un homme à la foi timide, hélas : il veut bien croire qu'un certain jour de jadis, du pain se soit multiplié ; seulement c'était jadis ! et loin d'ici ! et sous les doigts divins du Nazaréen ! Mais il ne peut pas croire que du blé puisse pousser tout seul ; surtout en telle quantité ! et sur nos terrains schisteux ! et sans Fils de Dieu dans le secteur ! Allons, Messires, la superstition est notre alliée, sans doute ; elle ne doit pas être notre guide...

Le Comte Adrien effectue le tour du propriétaire, méticuleusement, ses vassaux à sa suite. Et méticuleusement leurs gens d'armes se déploient dans le bourg, on ne leur échappera pas. Leurs piques nous débusquent des caves greniers fours puits granges étables chapelles, leurs fouets nous rassemblent sous des pommiers poiriers pêchers pruniers noisetiers, leurs cordes se nouent à nos cols et, sur notre exemple, rappellent à nos cousins et voisins l'immobilité des lois, la permanence des conditions. Sans compter la transparence du monde : quoi qu'on se figure et fasse, Dieu flaire l'anomalie, la déviance, la subversion : le noble et le clerc sont Ses narines.

Nos pieds battent l'air.

— Bienvenue, dit Misayre.

Depuis que son âme est revenue lui faire rapport, Misayre ne doute plus : La Mort ne veut pas de lui. Aussi profondément qu'il a refusé de comprendre le jour du pommier, aussi profondément la croit-il après ces semaines de cerisier.

Il réfléchit à cette chose qui lui échoit. Cela tient du coffre tintinnabulant d'écus sur lequel dans un champ sa bêche aurait buté. Il se serait penché les tempes creuses ; il se serait accroupi les genoux incrédules ; il aurait — les doigts gourds de fièvre — crocheté la serrure, soulevé le couvercle ; il aurait plongé des bras sans nombre dans le ruissellement jaune et bronze ; il en aurait retiré le seul joyau qui vaille : la certitude, enfin, d'être vivant et vu de Dieu.

La question serait alors devenue de n'être pas vu des autres.

Comparée à un tel coffre, la chose qui lui échoit comporte des avantages considérables. Cela n'a pas de forme. Pas de couleurs. Pas de poids. Ni son, ni parfum. Aucun propriétaire ne peut surgir, protestant de ses droits. Aucun voleur ne peut s'en emparer. Cela ne peut ni s'user, ni se dépenser, ni se perdre. Ni se donner. Cela se loge en vous dans ce recoin inconnu de vous-même qui est à l'abri de vos faiblesses autant que de la convoitise d'autrui.

Un aspect reste obscur : pourquoi l'Ennemie a-t-elle présenté à Misayre ce don comme un châtiment ? Pense-t-elle par hasard qu'on se lasse du sentiment d'exister ?

Misayre attend encore un peu sur l'arbre, n'est pas en peine de nourriture. Les gypaètes se sont passé le mot, l'évitent, mais moineaux et corneilles le prennent pour un pendu ordinaire, s'attablent confiants sur ses épaules. Hop, de la main, hop ! Pour se fournir, l'embarras du choix, autant de grives que de merles.

Il attend, rien ne presse, réfléchit. L'une de ses premières pensées d'immortel conscient de l'être : rien comme les apparences de la mort pour vous protéger des mortels. S'en souvenir par les siècles des siècles.

Cette conclusion tirée et quelques autres, Misayre gigote des jambes, frétille des reins, encercle des mollets le tronc du cerisier, et de la sorte progresse jusqu'à avoir les orteils plus haut que le nez. Il s'ôte ensuite du cou la corde. Et rentre dans le cours des choses.

On n'y est plus, quant à nous. Mais d'où on est, derrière les Séraphins les Chérubins les Trônes et les Dominations qui nous convoient, de là un reste d'intérêt en nous constate la renaissance de Fouïch, la reprise des transactions sur le foirail, le ronflement rallumé de la forge.

LIVRE SEPT

Le Dit des ponts et des entreponts

Chapitre vingt-septième,

en avance sur son temps.

On ne reconnaîtrait plus Misayre, il est la gaieté même. A qui lui en demande la raison il n'envoie plus d'étincelles comme naguère aux curieux. Il sautille sur place à la façon des sonneurs de cloches et son rire bourdonne ha ha ha avec des hi ! par-ci par-là.

Si on ne lui demande rien, pareil. Quoi qu'on fasse, on l'amuse. Il paraît trouver rafraîchissantes les plaisanteries les plus défraîchies, et les nouvelles les plus sombres ne l'assombrissent pas. Il ne désespère jamais de consoler les moins consolables des endeuillés, « *Avec le temps...* » leur dit-il, et personne ne l'a jamais aussi bien dit.

Les enfants ne quittent son ombre qu'à la nuit. Ils flairent en lui quelqu'un qui sent comme eux que le monde vient tout juste de commencer et qu'il n'aura pas de fin. Misayre les appelle Baptiste ou Marie, tous autant qu'ils sont. Pour eux il a toujours le temps, il leur fait des anneaux, des crochets, des tiges, des bagues, des boucles d'oreilles. Tout cela grossier mais pimpant.

193

Un homme qui prend le temps... Les jeunes filles le guettent, leurs mères aussi. Lorsqu'elles s'insinuent entre le marteau et l'enclume, il ne sait en repousser aucune, chacune a sa beauté. Il écarte l'ouvrage et il délace des corsages de tous les âges en soupirant des oh, des eh, avec des hue! de-ci de-là. Si l'une prononce le mot de noces, il ne rit ni oui ni non, « *on a bien le temps*... » dit-il.

Avec les clients, même chanson, « *chaque chose en son temps* » et demain est un autre jour. Les impatients qui s'en fâchent ne parviennent pas à le fâcher, on dirait qu'il habite sur le toit du ciel.

— J'habite sur le toit du ciel, dirait Misayre lui-même s'il disait quoi que ce soit de son sort.

Mais rien encore à quiconque. Faut-il, ne faut-il pas parler? Il tord le problème, le retord.

Se taire, garder le secret? Ce ne serait pas une vie, une éternité encore moins. Alors fermer la forge? courir les rues, crier : « *Je ne mourrai jamais!* » pour qu'à jamais messires les assassins lui fichent la paix? Seulement, qui le croira? Même lui n'y a pas cru... Et quelles preuves réclamera-t-on? par quel moyens? à quelles amendes impôts tourments les Comtes et les Abbés soumettront-ils un immortel?

Jésus et même Pierre, où êtes-vous, doux hôtes qui fîtes ce présent à l'humble forgeron? Regardez-le qui pousse devant lui les questions comme on pousse en marchant les cailloux. Oh il n'en perd ni l'appétit ni le sommeil ni son entrain. Il ne décide rien, dans le doute s'abstient.

S'il ne s'abstenait pas, il dirait : de là-haut, du toit du ciel, tout change de poids, de texture, de rythme. Ou, mieux : plus rien qui n'ait un poids, une texture, un rythme. Épanouissement des différences, chaque brin perçu comme unique, avec et séparément de l'herbe. Il dirait : de là-haut tout donne faim. Et désormais, quoi d'inaccessible ? Même pas ce dont il ignore l'existence. Même pas ce qui est encore sans existence.

Le forgeron de Fouïch imagine. Par exemple que ce qu'il n'imagine pas, un jour ne lui paraîtra plus qu'inimaginable. C'est-à-dire sera devenu, quoiqu'obscure et lointaine, cependant une image. Laquelle, imaginée, s'éclairera et viendra scintiller au beau milieu de ce qui est. Et son absence, bientôt, paraîtra inimaginable, ne s'imaginera plus...

La tête tourne au forgeron de Fouïch, il songe à la forge, il songe au château, il songe aux distances de l'une à l'autre. La tête lui tourne. Mais pas au point qu'il oublie de battre le fer pendant qu'il est chaud, on est témoins.

Un printemps le pont de Fouïch cède sous l'obstination des crues. C'est jour de foire, tout part à vau-l'eau, voûtes et piles, gens et bêtes, dettes et créances. Il faut rebâtir, entièrement.

Le Comte Adrien se tourne vers l'abbaye, il y sait plusieurs ingénieurs.

Ces moines ressortent de leur librairie le plan méticuleux jadis tracé par l'un des leurs, n'y jettent pas un seul regard, le déchirent — ainsi que Dieu l'a fait du pont — et dessinent cent esquisses avant de s'entendre sur un projet auquel ils rajoutent çà et là des niches, Vierges et Apôtres. Après quoi : procession vers le château.

Ils y trouvent le Comte Adrien vautré sur des parchemins, perplexe. Et, près de lui, le forgeron de Fouïch.

— Notre plan... toussent les moines.

Le Comte se relève, joyeux.

— Misayre ! Misayre ! Voyons ta concurrence... Déroulez, s'approche-t-il des moines.

Les moines déroulent, déploient, commentent, plan de masse, plan de coupe, plan cavalier, détails. Ils parlent d'anaglyphes, de cimasultes, de fusaroles. Le Comte Adrien examine croquis après l'autre en se mangeant les lèvres.

Brusquement il rompt.

— Votre Pont Neuf est tout craché l'ancien, qui croula.

Les moines poussent les hauts cris.

— Pas du tout ! Des piles plus généreuses. Des voûtes moins elliptiques. Et — tant sur que sous le tablier — davantage de statues anti-crues.

— Possible. Mais, sans changement, de la pierre et du bois !

Ce Comte en a de bonne. Oui, de la pierre et du bois. En quoi mon seigneur voudrait-il qu'on édifiât les ponts ? En lianes de lin ? Le comte s'ébroue,

196

désigne les parchemins au sol, le forgeron.

— Celui-ci propose un pont de fer.

— De ?

— Fer.

Hoquets monacaux, ils exigent une suspension de séance, courent à leur librairie, plongent dans des encyclopédies, zigzaguent d'une monographie l'autre, reviennent en brandissant des quintaux d'érudition, un pont de fer ça ne s'est jamais vu.

— Que réponds-tu, Misayre ? guette le Comte.

Et le forgeron bien sûr :

— Avec votre permission je réponds qu'il est grand temps de voir ce qui jamais ne s'est vu.

L'assertion vaudrait dissertations, mais les froqués ne parent qu'au plus urgent, détalent, reparaissent tirant après eux Frère Eusèbe. C'est un déchaux sans grade, rimailleur qu'ils tiennent pour benêt, alors qu'à Fouïch on le prend faute de mieux pour devin.

— Sortez votre couplet, intiment-ils.

— Sur quoi déjà ? fait un peu l'âne Eusèbe.

— Les ponts de fer, s'il y en aura.

— Ah ! sur ça... se mouche posément Eusèbe, puis de brailler :

> *Le fer passera l'eau*
> *Sous le fer le bateau*
> *Cet ironbridge en Angleterre*
> *Abie Darby saura le faire*
> *Le bois la pierre en seront veufs*
> *En mil sept cent soixante-dix-neuf*

197

Traduction, dit l'Abbé : pas avant cinq siècles, pas en France, et des mains d'un forgeron qui n'aura pas nom Misayre.

— Que réponds-tu ? guette le Comte.

— Que la réponse vous appartient, dit Misayre.

Adrien, Comte aux doigts subtils, lance en l'air un liard, l'accueille au creux du poing, décrète : Face ! va pour le projet Misayre. Les moines s'effacent, prophète comme érudits, ruminent : Que Sa volonté soit faite.

Un vertige s'ouvre. Dans les semaines qui suivent, on découvre qu'un matériau n'est pas qu'un matériau. En changer ne change pas que le pont et l'idée qu'on a des ponts... Le forgeron réclame de l'espace, beaucoup d'espace, plus d'espace que jamais forge n'en a couvert, il lui faut multiplier ses feux. Le Comte cède à sa requête, réquisitionne pour lui une aile du moutier. Les clers protestent : et les vocations, où les recevoir ?

Le forgeron réclame du bois, encore du bois, plus de bois que jamais forge n'en a brûlé, il lui faut nourrir tant de feux. Le Comte cède à sa requête, fait débiter pour lui de belles et bonnes futaies. Les nobles s'indignent : et notre gibier, où va-t-il gîter ?

Le forgeron réclame des bras, des dizaines de

bras, plus de bras que jamais forge n'en employa, il lui faut centupler le rythme de production. Le Comte cède à sa requête, fait rabattre pour lui des hardes de serfs. Nobles et clers tempêtent : et nos granges, qui les remplira ?

Le Comte Adrien n'a cure des cris, s'abandonne au vertige. Période où il n'aime rien comme monter le matin aux créneaux et deviner dans la brume les feux de son forgeron dansant entre les arcades du cloître.

Bientôt il a le spectable de longues files d'hommes descendant vers la rivière, des lambeaux de brouillard glissant épars sur les poutrelles, les équerres, les arceaux, qu'ils portent. D'une rive à l'autre s'ajuste un pont de barques depuis lequel s'édifie celui de fer, Misayre menant la manœuvre, forgeant riant rivant suant soudant sourd.

De tout cela le Comte Adrien éprouve une fierté un peu niaise, indicible en tout cas, puisqu'elle n'a trait ni à la guerre ni à la chasse, et ni même à l'amour.

Enfin tout est prêt. Et bien que, par prudence, le Comte n'ait fait battre tambour, on a su la chose et on vient de loin la regarder de loin. C'est gris, c'est sans grâce, c'est raide et froid comme un étau qui voudrait broyer la rivière dans son lit même.

Midi sonne avec ambiguïté, moitié gai moitié

glas. L'Abbé a catégoriquement refusé de se déranger, c'est un chanoine du quatrième rang qui bâcle une bénédiction. Le Comte tire l'épée, tranche le ruban, « *Va* » dit-il, et Misayre s'engage, seul, sur son ouvrage. Le silence se dresse. Jusqu'à l'eau qui se fige. Jusqu'aux truites qui béent.

Ah ! Baptiste ! Et toi, Baptiste ! Et même toi, Baptiste ! Que n'êtes-vous avec votre père pour cette apothéose ! Il marche bien au milieu du pont, le pas lent le pied léger, tel un Roi vers sa couronne. Droite, gauche, droite, il arrive à mi-parcours exactement. Le vent soi-même retient son souffle.

C'est alors qu'un tonnerre blanc dévale la colline d'en face. On dirait que le ciel tire une langue de laine. Moutons par dizaines, par centaines, qui se pressent, se piétinent, se chevauchent, roulant dans leur flot les bergers, leurs houlettes, étouffant sous de furieux bêlements l'aboi plaintif des labris, des briards. Moutons par milliers peut-être, et les derniers d'entre eux, en courant, tendent vers le soleil des cous écarlates où boivent déjà des loups hirsutes, tétanisés de faim.

Le Comte reflue avec sa cour, prend de la hauteur dans les maisons jouxtant le pont, on leur cède la place aux fenêtres. Le tonnerre enfle toujours, inonde soudain le pont d'une cacophonique écume, qui soulève Misayre et l'avale.

Tonnerre pourtant qu'un tonnerre plus fort encore déchire. Voici le pont qui s'ouvre par son milieu, et ses arches en croulant ressemblent un instant à des mâchoires de métal dévorant le troupeau que dévore la horde. Et de nouveau tout à vau-l'eau, voûtes et piles avec les moutons, les chiens, les bergers, les loups, Misayre.

La rivière reprend son cours, violent, fuit avec ses proies.

— Dieu a parlé ! font remarquer les moines. Il faut nous restituer le moutier tout entier !

— Et parlé clair ! exultent les chevaliers. Il faut cesser d'abattre nos forêts !

— On ne saurait plus clair ! triomphent moines et chevaliers. Il faut rendre les serfs à nos terres !

Ils font tapage, le crient, le chantent, Dieu a parlé ! Dieu a parlé !

— J'ai des oreilles, s'agace le comte Adrien. Il lance une bourse au chanoine.

— Vous direz une messe pour mon forgeron, c'était un homme fertile, à défaut de pont il nous aura donné du théâtre, c'est davantage que bien des hommes.

Mais Misayre ne mérite encore ni l'imparfait ni le futur antérieur. Il revient dès le lendemain à Fouïch, loqueteux, trempé, parsemé de plaies, souriant : trois lieues en aval les branches basses d'un tremble l'ont sauvé, louée soit Notre-Dame — entre autres.

On l'amène au Comte, qui en lâche une partie en train. Misayre est radieux, volubile. Des centaines de moutons, mon seigneur ! Une charge comme un pont n'en reçoit qu'une tous les cinq siècles ! N'importe lequel aurait craqué, le nôtre a failli résister ! Et avez-vous noté, mon seigneur, cet autre avantage du fer que le désastre a mis en évidence... ?

— En vérité non, soupire le Comte Adrien.

— Il ne flotte pas ! Il reste où il choit. Nous pourrions donc, au moins partiellement, récupérer l'ouvrage ! Le reconstruire aux moindres frais ! Le ferons-nous, mon seigneur ?

— Misayre, Misayre... soupire le Comte Adrien.

Et, comme l'autre repart de plus belle...

— Malheureux ! Plus un mot ! Je devrais te faire pendre de seulement y songer ! Je suis bon prince : en prison !

— Mais il y aura des ponts de fer, mon seigneur. Et des barques de fer. Et des poissons de fer. Et des chevaux de fer. Et des oiseaux de fer. Je l'ai rêvé du temps que je dormais chez les orvets.

— Et des forgerons de fer, y en aura-t-il, qui se tairaient quand je l'ordonne ?

— Aussi, sans doute. On saura les forger, pourquoi non ?

— Laisse tes rêves, Misayre, ils m'ont déjà coûté trop cher. Et reviens au niveau des miens. Un dé en fer, dis voir, tu sauras me faire ça dans ta cellule ? avec un cornet en étain ? et puis surtout : avec une once de plomb sur la face de l'as, j'aime tant voir sortir le six.

Chapitre vingt-huitième,

qui et que traverse Venise.

Ces temps-ci la piété n'épargne personne.
Comte de Fouïch par la grâce de dés alors en
corne mais il faut l'avouer déjà pipés, Adrien de
Castelnau se sent un solde débiteur sur les
ardoises célestes, guette l'occasion d'éponger sa
dette. A la première Croisade qu'il entend prê-
cher, sac au dos.

— Au revoir ! vient-il dire à Misayre dans sa
geôle. J'aviserai, à mon retour, s'il m'est possible
de te laisser rêver hors de ces murs.

— Dieu vous ait en Sa sauvegarde, tire sur ses
chaînes Misayre, baise-t-il à l'ourlet le bliaut du
Comte. Et Dieu veuille que Dieu sache, les soirs
de bataille, vous redresser l'épée tordue, vous
débosseler l'écu fourbu.

Cette prière appelle réflexion, le Comte s'en
fouille oreille après narine, dort une nuit là-
dessus, puis réunit ses féaux et mande les artisans de Fouïch, sellier menuisier tisserand et
cetera, Pujol Rouzoul Sicre et compères.

On est de Croisade, voilà sa nouvelle. Le
Comte Gauthier n'emmenait pour la Terre

Sainte que noblesse et piétaille, lui : les bourgeois aussi. On n'a pas moins que tout Chrétien besoin d'indulgences, qui le nierait ? Le Comte Adrien a résolu de nous aider à les gagner, qui ne l'en louera ? Déjà on se rapprochera du salut, chemin faisant, en réparant ou remplaçant au fur et à mesure le matériel défaillant, en évitant également à la candeur de ses chevaliers le chagrin d'être grugés quand il faudra acheter ou vendre : les Orientaux c'est tout voleurs tricheurs et compagnie, explique-t-il. On le croit volontiers, c'est de l'Est qu'il nous est arrivé.

Les chevaliers hochent le chef ; une escouade d'artisans, bonne idée ça. Puis ils plissent le front ; sellier... menuisier... tisserand.., bien mais, sans vouloir vexer personne, manque l'essentiel... un forgeron ! Autrement, qui ? qui, les soirs de bataille, qui leur redressera l'épée tordue, qui leur débossellera l'écu fourbu, qui ?

— Oui : qui ? à l'unisson plisse le front le Comte.

On murmure : « *Misayre* ». Le Comte a mal entendu : « *Qui donc ?* » Mais les chevaliers, très bien : « *Misayre !* » Le Comte s'étonne : « *Misayre ? Mais il est aux fers ! Et vous l'auriez voulu pendu !* » Les chevaliers, en chœur : « *Grâce pour lui ! Grâce !* » A la fin le Comte, comme vaincu : « *Soit !* »

Misayre est dégeôlé, on se coud la Croix sur la chemise, et l'aube d'après Adieu Fouïch.

A Carcassonne, Montpellier, Nîmes, Avignon, on rejoint d'autres troupes. A Nice on n'en forme plus qu'une, derrière le lys de France. Puis on arrive dans une cité où il est prévu d'embarquer, on s'y divise derechef. Le nom est Venise, ce n'est pas ce qu'on appelle une ville, ça n'a pas de corps, seulement des osselets. Il faut un canot pour aller d'un campement à l'autre, d'un besoin au complémentaire. Ici c'est l'île aux épices, là celle aux ribaudes, et juste après : celle aux apothicaires.

Entre les îles hésitent des projets de pont, des débuts de voussure, que le commerce appelle, que la prudence a laissé en suspens.

Ce n'est pas non plus ce qu'on appelle un pays : pas de Roi, pas de Comte.

— Il faut pourtant bien que quelqu'un règne ? demande Misayre aux mendiants qui le talonnent.

C'est un soir. Il a perdu ses compères, son chemin. Peu à peu, du pavé lui a poussé une traîne de gueux.

— Pour vous servir, sourient les édentés.

— Il faut pourtant bien...

Si, si, signor ! Quelqu'un règne ! Ils font des O avec leurs doigts, O majuscules, et d'autres O en arrondissant au possible les lèvres. Qui donc alors ? insiste Misayre. O ! O ! Qu'est-ce qu'ils lui chantent avec leurs O ? Est-ce O comme ZérO ? O comme persOnne ? ou bien O comme sOleil ? Non, non, s'amusent les mendiants. O comme OrO. L'or, voilà le maître d'ici.

— Ce ne serait pas le pire, dit Misayre, songeur.

— Sûrement pas, si on le trouvait, conviennent-ils.

Et de le chercher, aussi sec. Le béquillard fait un croc-en-jambe, le manchot fait le coup de poing, le bossu plastronne, le borgne fait le guet, la naine fait les poches, le sourd entend venir, le muet donne l'alarme, tous ces boiteux détalent. Misayre est au sol, sans plus un sou, avec la peur la honte et la colère, comme n'importe qui qu'on viendrait de voler.

Il se secoue soudain, et rit. Misayre n'est plus n'importe qui, allons. Que lui sont désormais la peur, la colère, la honte ? Habits d'hiver à mettre au clou pour un été sans fin ! Une bourse de perdue, dix mille à venir...

C'est toi, compère ? accourent Pujol, Sicre, Rouzoul. Quoi de si drôle que tu en sois le cul par terre ?

Misayre aussitôt s'efforce d'étouffer son rire, tapotant bizarrement le pavé de la main ; on dirait d'un enfant qui voudrait emprisonner le bond d'un criquet. C'est que le forgeron n'a pas encore décidé s'il révélera, et comment il révélerait, aux autres qu'entre Dieu et lui : plus guère de différence.

Des salines. A part ça, pas de champs. Et à part la construction navale, pas d'industries. Ce n'est pas une ville, non. Mais c'est la pire : on ne laisse

surtout pas traîner la main dans ses eaux jaunâ-
tres, il s'y pêche moins de poissons que d'excré-
ments ; on ne traîne pas non plus des pieds près
du port, des types n'arrêtent pas d'y enrôler à
coups de gourdin de futurs esclaves du bey
d'Alep, du vizir de Mossoul.

Jours stagnants. Les hautes sphères négocient.
Les bateaux commandés sont prêts, mais leur
prix a grimpé avec leur gréement. Des chevaliers
cuirassés éperonnent, furieux, les marches des
escaliers de marbre en haut desquels des marchands ploient vers eux l'onctuosité de leurs
robes, rien d'autre. Propositions à prendre ou à
laisser.

Misayre et ses pairs écarquillent les yeux.
Venise, d'accord, n'est pas une ville, c'est
mieux ! un monde où les porteurs d'épée se
voient tenir la dragée haute. Et finissent par
rompre : Princes et Ducs, de guerre lasse, griffent rageusement les documents que la déférence
opiniâtre du Doge Dandolo pousse vers eux
depuis un mois et tant de poussière.

Il y est question d'acomptes, d'échéances, de
dédits, de quotas, de tantièmes. Question aussi
de la route à suivre jusqu'en Terre Sainte, et ce
ne sera pas une ligne droite. Les Croisés s'enga-
gent à mener tel siège pour le compte de la
République, à nouer telle alliance, à honorer
telle autre, à desservir telle succursale, à fonder
tel comptoir. Nonces et Légats du Pape grondent
et sermonnent : « *Croisade n'est pas foire !* » Mais
la belle jambe ! sans fournir de nefs, sans débour-
ser le moindre fifrelin.

La croix fleurit sur les quais, la croix prend les ponts, la croix monte aux mâts. On embarque. Soleil de plomb qui lève les odeurs. Les destriers et les palefrois renâclent sur l'étroit des passerelles, regimbent, du sabot poussent à l'eau les jurons des valets. Par dizaines et pendant des heures, des clochers saluent l'escadre, la salueront jusqu'au départ, c'est — dans le contrat — dû par Venise. Leurs carillons et les cris des capitaines se cognent au ciel très bas, s'y agglutinent, y durent, immobiles, étouffés.

Misayre au bastingage... Bastingage, roulis, matelots, vergues, haubans, quartiers-maîtres. Tout un personnel, tout un matériel, tout un vocabulaire nouveaux sifflent autour de lui, et de leur lacis l'arriment à de liquides vertiges.

Il y a cette angoisse. Et, simultanée, la certitude que rien ne peut lui arriver d'irrémédiable : en cas de malheur, aucun doute, la dernière planche de l'ultime canot serait celle de son salut.

Angoisse, certitude. Misayre va de l'une à l'autre comme de tribord à bâbord, d'artimon à misaine, coulissent les souples courses des marins. Pendant qu'il ne choisit pas entre elles, son regard s'accroche au port, houle pour houle préfère flotter sur celle du dos des portefaix.

Mal lui en prend, dans un instant il va tomber du toit du ciel.

Ah ce serait le moment de détourner l'attention de Misayre ! Tiens, de faire passer sur le quai quelques beautés titiennes ou tintorétines... Tiziano Vecellio hélas, et Jacopo Robusti n'en sont encore qu'à peindre les parois utérines des trisaïeules des bisaïeules de leurs aïeules. Leurs Vénus ou leurs Suzannes n'ont pas vu le jour soyeux des alcôves où elles poseront ; en guise, hantent le port pauvresses et pauvresses, eczémateuses.

Ou il faudrait provoquer un accident, passerelle qui cède, malles qui s'éventrent ; ou déclencher une rixe, pour une solde impayée, une marchandise avariée... Mais, trop tard. Misayre vient de remarquer, sortant de la poudreuse obscurité d'un entrepôt, un ballot si long, si lourd, qu'ils sont trois pour le porter. Non, quatre. Non, cinq. Cela fait — boursouflée — une chenille à ce point exténuée par son propre poids qu'elle paraît enfoncer à chaque pas un peu plus ses dix pattes dans le sol.

Seul visible, le visage du premier porteur. Sous l'effort, celui d'un nonagénaire. Misayre a l'impression d'entendre se déchirer les poumons du gars et ceux de ses camarades, à chaque prise d'air, et se disloquer leurs articulations quand ils se risquent à quitter le havre inespéré d'un semblant de position d'équilibre pour déplacer une jambe, ramener au nouvel aplomb d'abord le bassin, puis le torse, luttant en même temps pour que crâne et cou n'anticipent pas le mouvement et ne soient fichés par le fardeau en terre, d'où, d'évidence, ils ne se relèveraient pas. La lenteur de leur progression est encore accentuée par le fait qu'ils ne bougent pas ensemble, et que chacun attend, convulsif et cramoisi, la réussite des quatre autres pour hasarder la plus timide tentative de modifier l'écrasant état des choses.

Cette vision est pour Misayre comme un abîme au bord duquel il aurait dormant marché, et dont un brusque réveil lui apprendrait l'existence, la proximité, la profondeur, l'appel. Voilà donc pourquoi l'Ennemie parlait de condamnation ! Voilà le Temps, accablant, et voilà Misayre dessous, subissant la progressive atrophie de ses muscles nerfs tendons, l'implacable effritement de ses os, l'indélébile rouille sur leurs jointures, l'irrésistible réduction de toutes ses facultés intellectuelles et sensorielles, mais jusqu'en deçà du point où son interminable agonie lui deviendrait imperceptible, indifférente.

Les portefaix allégoriques ne peuvent porter qu'un sens : Misayre atteindrait-il cent ans, atteindrait-il cent mille ans, La Mort ne voudra jamais interrompre l'inexorable processus de sa désagrégation, la prolongera à l'infini.

C'est ici, à Venise, que Dieu reprend Ses distances, à des années-lumière du forgeron Croisé.

Misayre enjambe le bastingage, saute à l'eau, enfantillage. Tombant, il espère revoir en un clin d'œil toute son existence — comme on prétend qu'il arrive aux mourants — et les parents perdus, Élisa Mélanie et Blanche, Marie Marthe et Jeanne, et Baptiste surtout, et Baptiste aussi, et même Baptiste. Mais ses rétines n'enregistrent, au ralenti, que les détails les plus futiles : sur la coque du navire le vernis qui s'écaille, le long du quai le purulent violet des champignons de mousse.

Entre la coque et le quai une barque s'immisce, providentielle, et se présente sous la chute de Misayre. Le rameur tend la main, à la vénitienne : « *Vous me devez la vie, c'est trente-six sequins.* »

Du pont, là-haut, Rouzoul Sicre Pujol se penchent, lancent une corde, rigolent :

— C'est toi, forgeron ? Serait-ce qu'un Sarrazin t'a jeté à la mer, déjà ?

Chapitre vingt-neuvième,

où il est pour la première fois question d'un cheval rouge.

Tandis que, lyriques, langoureuses, les voilures se déploient pour veiller au grain ; tandis qu'à la poupe, telle une courtepointe, se replie la côte vénitienne ; tandis que les premiers embruns du large cinglent les joues, banderillent de sel et d'anxiété les nuques et les avant-bras des navigateurs débutants ; tandis que de part et d'autre de l'étrave des marsouins font le dos rond ; tandis qu'ahi ! ahiii ! aye ! aye ! aye ! bardes et ménestrels s'écorchent le larynx au pied des mâts ; de la cale à la dunette de tous les bâtiments des tireuses de cartes tirent, tirent, tirent, non sans grommeler à la clientèle : « *Vous le regretterez peut-être* », « *Bon, puisque vous insistez* », « *Mais après ne venez pas vous plaindre* », les trois sommations d'usage.

— Balivernes ! Comme si l'avenir s'écrivait sur des bouts de carton coloriés... hausse les épaules le Comte Adrien et, tournant le dos à la crédulité humaine, il descend sur le pont tendre ses paumes aux chiromanciennes.

— Je vois un cheval rouge, lui annoncent-elle, toutes.

— Tu veux dire : alezan ?

— Rouge. Rou-ge.

— Et comment ça, rouge ? n'a jamais rien fréquenté de tel notre Comte.

— Rouge de tête, et rouge de robe. Rouge, en somme.

— Précise encore : dans quelle ville le vois-tu, ton cheval rouge ?

— Ce n'est Dieu merci pas le mien — se signent-elles, toutes — c'est celui du noble seigneur.

— Sûrement pas ! Le mien est louvet. Mais passons : ce cheval qui n'est ni tien ni mien, le vois-tu trotter dans Jérusalem ?

— Ni dans cette ville, ni dans une autre.

— Alors laissons la bête. A part elle, que vois-tu ?

— A part elle ? Rien ! lui répondent-elles, toutes.

— Comment : rien ?

— Le cheval rouge cache le reste ; ou le résume.

— Me faut-il le chercher ou le fuir ?

— L'oublier sera le mieux, lèvent-elles la séance, exaspérées : celui-là, il faut par trop lui faire un dessin.

Oublier ? Le Comte Adrien est un homme positif, il suit le conseil, s'enlève le cheval rouge de la cervelle aussi simplement qu'il ferait d'une écharde dans le pouce. Il gagne la proue, regarde la mer se fendre. Sauf celui du travail humain, il ne sait pas de spectacle plus apaisant.

Il faut croire que les hommes ont deux têtes d'emboîtées l'une dans l'autre ; au moins deux. En tout cas, notre Comte. Sa première tête a décidé — comme on vient d'écrire — d'oublier le cheval rouge. Mais une seconde a décidé d'oublier de décider. Ou peut-être oublié de décider d'oublier. Et quand la première contemple la vague inlassablement *qui se brise* contre l'étrave, la seconde suggère de formuler plutôt : *qui se cabre*. Naïve, la première accepte l'image qu'aussitôt, perverse, la seconde développe en métaphore : la mer, ce cheval vert...

Et le mal est fait. Du vert la pensée bondit au rouge, et d'une monture à l'autre revoici notre Comte avec martel en tête(s), à se regarder la paume et à se demander : qui a jamais vu ça, un cheval rouge ? Et : si ça existait, qui le verrait forcément ? Qui ?... Qui ! Un maréchal-ferrant, pardi !

— Misayre ! Misayre ! court notre Comte dans les coursives. Misayre ! Où est passé Misayre ?

Tant la mer se fend-elle qu'un matin on est devant une baie au fond de laquelle une cité blanche. On se jette à genoux, déjà la Terre Sainte ! Les sergents nous relèvent. Ce n'est que Zara, Dalmatie, ville à prendre, article six du

214

contrat, le Doge Dandolo le rappelle à qui de droit. Il est à bord de la nef amirale, il a un plan de trop d'envergure pour avoir laissé à quiconque le soin de représenter la République auprès des Croisés.

Les tambours se placent sous le vent pour battre la diane, puis les trompes sonnent : convocation du ban et de l'arrière-ban. Les vassaux sont appelés en consultation par les suzerains, et ceux-ci par leurs suzerains, et ceux-ci par leurs suzerains, et ces derniers par la Direction Générale des Croisades qui veut savoir où en sont le moral des troupes et le niveau des vivres.

L'escadre mouille l'ancre. D'une nef à l'autre on met des barques à la mer, et ça fait dans le soleil levant tout un ballet d'avirons clapotant, toute une circulation confuse et cérémonieuse de dignitaires se rendant au rapport en robe de brocard et chaperon d'apparat.

Plus d'un se félicite d'avoir emmené avec soi sur l'esquif son chef du protocole, car autrement allez démêler si c'est à vous de céder le passage ou à celui, Saintongeais ou Moldave, qui vous arrive par le travers, allez apprécier s'il faut saluer d'abord le margrave d'Hockenheim qui vous croise à tribord, qui est l'oncle de votre belle-sœur et qui est de la maison Plantagenêt, ou le marquis de Sevasticoglou qui vous double à bâbord, qui est de la parentèle des Bourgogne et le beau-frère de votre nièce...

Un chef du protocole, dès Avignon le Comte Adrien s'est renseigné, ça coûte la peau des fesses, il lui a fallu s'en passer. Il tâche, tant pis, de s'y retrouver tout seul dans les labyrinthes des lignages et dans les enchevêtrements d'hommages, d'allégeances, d'alliances. Et là, debout au milieu de son canot, jambes bien écartées pour l'équilibre, bras dignement croisés au-dessus de la houle, dressant autant que possible sa piètre stature dans les diaprures de l'aube, il salue vers tous les bords, salue, salue. Qu'est-ce qu'il risque ? Le torticolis.

Sa barque glisse le long des coques. De temps à autre il demande à son écuyer d'accoster. Il empoigne l'échelle d'accès, se hisse à la coupée, se présente : « *Adrien de Castelnau, Comte de Fouïch, devise : Toco y se gausos* », et demande si d'aventure on saurait où loge le Roi du Béarn, son suzerain. La question volette mollement d'un marin à un autre, d'un idiome à un autre. Il revient un semblant de réponse et l'officier de quart fait un geste elliptique dans l'approximative direction du soleil.

Adrien remercie, *muchas thanks*, et rappelle à lui son regard qui furetait dans les entreponts pour tenter d'y apercevoir, on ne sait jamais, un cheval rouge. Ou Misayre que depuis quelque temps il faut chercher partout. Ou les deux.

Dans la nef amirale, Rome puis Venise plaident. Nonces et Légats du Pape protestent contre le détour que constituerait Zara, menaçent de conciles et de bulles. Le Doge Dandolo leur verse un doigt de porto, déroule son exemplaire du contrat et demande ce qu'il en serait de la Chrétienté, « *entre nous* », sans le scrupuleux respect des textes, depuis les Saintes Écritures jusqu'au plus menu des codicilles sur le plus humble des actes notariés ?

Princes et Ducs se raclent la gorge. Ils ne prétendent pas philosopher à ces hauteurs-là, Messires, mais se prononcent pour un entracte, histoire de détendre un peu les chevaux et les hommes, histoire aussi de sortir les armures de la naphtaline, parce que le bateau c'est bien joli, seulement ça vous ronge les sangs, ça vous gâte la discipline, et ça vous oxyde le matériel, à force.

Première escale, premier siège. En rangs serrés on débarque sur des rochers crissant d'oursins ; en rangs serrés, crispés, casqués, courbés sous le mantelet censé nous protéger des flèches et des pierres, on crapahute vers les murailles, on y dresse les échelles. C'est alors qu'on aperçoit Misayre, à découvert, tête nue sous la grêle, flânant comme il ferait sur le mail à Fouïch un dimanche de printemps.

— Misayre ! Misayre ! l'invite-t-on à nous rejoindre sous l'abri.

Il n'en fait rien, mais parvient tout de même au mur sans une égratignure.

Quand l'huile et la poix bouillantes commencent de trouer nos colonnes grimpantes, Misayre gagne de plus en plus vite les premiers rangs, détachant des barreaux les âpres phalanges des blessés, piétinant les convulsions des couards, à peine retardé par les fougueux et les téméraires : un trait coche à l'instant celui sur les talons duquel il arrive.

Bientôt Misayre n'a plus devant lui que le porte-drapeau de service, « *Passe-moi ta bannière* », souffle-t-il, et l'autre ne se fait pas prier. Misayre est le premier à bondir sur le créneau ennemi, la Croix bien déployée, cible parfaite.

On rentre le cou dans les poumons, on attend les convergents sifflements des carreaux d'arbalète, un cri de Misayre, sa chute. Rien. Rien de rien. On se hisse d'un prudent demi-échelon. On passe la cervelière, le front, les sourcils, les yeux, le nez. Vlan, des hallebardes nous envoient valdinguer.

Quand on reprend conscience, l'affaire est bouclée, la ville prise. Huit exténuantes semaines ses ocres murailles se sont refusées. Puis, une nuit, et alors qu'aucun mangonneau ne les bombardait, qu'aucun bélier ne les chargeait, elles se sont écroulées. Ainsi va la guerre, ainsi vont les pierres, et on en est aux allocutions décorations et citations, le Comte Adrien en est à sa péroraison.

— Sans exception, pas de règle ! discourt-il. Loué soit donc le forgeron Misayre, il est l'exception venue à propos confirmer cette règle absolue : « *Hors la noblesse, point de bravoure !* »

Il faut quatre autres semaines, lascives, pour se remettre d'un tel siège et décemment butiner. Au vingt-neuvième jour le Doge Dandolo regarde sa clepsydre, se verse une larme de tokay, déroule son exemplaire du contrat, un amical rappel à l'ordre lui paraît de mise. Bravo, dit-il, pour l'article six ! Mais restent à exécuter le sept le huit et quelques autres, Mara Vara Dara tutti quanti, telles et telles autres cités à investir sur la côte dalmate, le long du Péloponnèse, ou en Crète. Nonces et Légats fulminent, trouent les cartes d'état-major en y pointant rageurs leurs index gantés et bagués sur « *L'objectif, Messires ! Au Saint Sépulcre, Messires !* »

On rembarque. Au pied des passerelles on passe à la balance, obligatoire. Le Doge Dandolo veille — article dix-huit — à ce qu'on ne surcharge pas les nefs avec les prises de guerre, trop humaine tentation qui entraîne par le fond entre sept et douze pour cent des bâtiments, selon les années, et selon les experts. Lui et ses assistants recommandent, en cas d'excédent de bagage, de vendre le surplus au comptoir flambant neuf de la Firma Dandolo Fratelli (import-export), ou de le laisser en consigne dans les entrepôts tout juste inaugurés de la Colleganza Ziani, Polo, Conti e Dandolo (armateurs).

Le Comte Adrien hésite : faut-il qu'il se sépare

de ce service en étain vingt-quatre couverts pratiquement intact, ou de ce heaume à bec, pile à ses mesures mais légèrement cabossé ? Il se retourne pour l'avis de son forgeron. Mais, pas de forgeron. Où est encore ce Misayre ?

Chapitre trentième,

où Misayre ne s'en prend qu'à lui-même.

On amène Misayre au Comte. La scène est à bord, sur le pont, vent d'est qui chuinte le long des aussières et des haubans.

— Tu étais la gaieté même, forgeron. Maintenant, plus sombre que nuit.

— Il est vrai.

— Que t'advient-il ?

— Qu'il faut vieillir.

On en rit. Et puis moins. Le Comte se frotte l'œil.

— Il faut, oui. Viens-tu de l'apprendre ?

— Dieu avait permis que je l'oublie.

— As-tu oublié de même qu'il est impie de se donner la mort ou de la chercher ?

— Dieu sait que je le sais.

— Je ne veux plus te voir en première ligne, j'ai cent hommes pour recevoir du fer, un seul pour en forger.

— Si je n'obéissais...

— Je t'en punirais.

— Du cachot ?

— Ce serait me punir moi-même.

— Des verges ? Du fouet ? J'y suis rompu déjà.

— Bien plus sévèrement : je ne te paierais plus.

— Hélas, je n'en mourrais pas.

Au blasphème on se signe, on s'éloigne, on s'agenouille, on prie. Vers le soir on apprend des sergents, édit du Comte, qu'à tour de rôle on a désormais consigne de veiller sur Misayre. Malheur à nous s'il parvient au malheur.

L'escadre prend le pli de rapiner. En vertu du contrat, ou en marge. Vus des nefs, villes et ports sont de grasses brebis blanches paissant en lisière d'un pré vert ; Princes et Ducs, quand ça leur chante, en désignent une pour la tonte.

Vue de la côte, la Croix claque comme un pavillon de pirate.

— Bravo ! applaudit le Vénitien, la crainte est pour l'Infidèle le plus court chemin vers Dieu.

— Basta cosi ! fulgurent les Romains, ou pour le pèlerin jamais le chemin vers Jérusalem n'aura été aussi long.

On redébarque. On dresse le siège. On perd des hommes. On enlève citadelles et bastilles. On pleure nos morts. On châtie leurs vivants. On réembarque. On a vieilli.

— Et toujours pas de cheval rouge, note à part soi le Comte Adrien.

Les périodes de bataille ont ceci de bon qu'au moins on sait où y trouver Misayre. Forgeant. Son travail couvre le jour et plus. Voici — pendant le combat — le Comte ou tel de ses chevaliers qui surgit de l'assourdissante poussière, qui lui tend une lance ou une masse, détords-moi ça, et qui piaffe à côté de l'établi pendant que Misayre : cognant burinant suant sourd. Voici — juste après le combat — telle armure à scier, tel heaume à fendre, un choc les a faussés, nos seigneurs sont coincés là-dedans. Voici — le soir — à réviser, retaper, requinquer, tout l'armement de la noblesse, puis celui des sergents, puis celui de la valetaille, enfin celui de la piétaille, ce qu'on se sera fait abîmer mais sans se le faire prendre, et ce qu'on aura abîmé aux autres mais qu'on aura su leur prendre. Voici — la nuit, parfois — à trier, expertiser, classer, réassortir, les ensembles ou les pièces détachées que viennent proposer les détrousseurs de cadavres. Voici — le matin — d'ultimes soudages rivetages graissages réglages. Et voici de nouveau — l'après-midi — les charges les joutes les cohues les réparations sur le tas...

Tant à faire ! Rien que pour le Comte et la maison de Fouïch ! Mais il faut ajouter : les dépannages, pour le suzerain du Comte ; les réquisitions, par le suzerain du suzerain ! Sans compter — à toute heure — l'imprévu l'incongru les malotrus, le hasard et le désordre enfants naturels de la guerre. Et cela dans des forges de rencontre aux soufflets poussifs, dans des ateliers de fortune avec du bois de quatrième catégorie. Et cela assisté d'ouvriers improvisés, hommes d'armes au rebut, gangrenés, diarrhéeux, qui ont peur du feu, du bruit, du métal, des outils, de tout et surtout du travail.

— Ah Baptiste ! Et toi, Baptiste ! Et même toi, Baptiste ! Ah mes fils ! que n'êtes-vous auprès de moi, soupire Misayre.

Mais qu'une trêve arrive, qu'il ait du temps pour respirer, et sa chanson change :

— Ah Baptiste ! Et toi, Baptiste ! Et même toi, Baptiste ! Ah mes fils ! où que vous soyez, à Dieu ou Diable, ah que ne suis-je auprès de vous !

Depuis Venise, cette alternance. Le plus souvent Misayre arbore un air absorbé à la fois et lointain, quels que soient le lieu l'occurrence l'heure ou la température. Et soudain on jurerait que la joie l'envahit, il plante là son monde, compères ou ribaudes, seigneurs comme valets de forge, au fumant milieu des bains et jusqu'en pleine messe. Il s'escamote, comme emporté par un démon, comme englouti par un typhon. C'est en fait : happé par une hypothèse.

— S'il arrivait que...
— Si je réussissais à...
— Ah ! si par chance...
— Et supposons que...

L'entend-on ces fois-là soupirer, et l'instant d'après, pffuit, il est loin, gambade et caracole, ce serait à lui donner seize ans, à lui prêter une amourette, et à lui ficher la paix. Mais ça, on ne peut pas, on a nos ordres.

On le suit donc. Seulement, du plus loin possible! Parce qu'on se fourrerait dans de ces situations, merci. Dont lui revient toujours, revient si frais qu'on n'en revient pas. Il se rassoit à son tabouret, reprend ses marteaux et la mine d'un qui suivrait son propre enterrement, les paupières lourdes comme des draps de deuil, les plis de la bouche creusés comme des fosses. On le plaisante : quoi, Misayre, cette figure! alors qu'il vient d'échapper à... Il regarde le sol à le trouer, serre son outil avec tant de rage qu'on se signe, s'écarte, se tait.

Comme naguère à Fouïch quand il se croyait mortel et s'imaginait le jouet de La Mort dans un colin-maillard, Misayre est sans cesse à chercher le trépas.

Notre Dame, ne m'en blâmez. C'est Votre Fils, par trop de bonté, qui m'a mis dans ce pétrin. Noble Reine, épargnez-Vous la peine de menacer d'Enfer et damnation le pauvre Misayre. J'ai vu, déjà, les cercles et les quartiers d'En-Bas : le pire des châtiments qui s'y pratiquent me serait doux et délectable comparé à ce que le Temps me promet.

Ainsi prie Misayre, car il ne renonce pas plus à joindre les mains qu'il ne se résignera, pendant tous ces mois, à rester du nombre des vivants.

Il y aura, après celui du Lido, la série des

225

plongeons. En haute mer. Ou depuis des remparts dans le vide. Au milieu de l'incendie d'un fortin qu'on aura enlevé... Mais toujours quelque chose ou quelqu'un, comme à Venise le rameur, viendra à la traverse. Une charrette de foin, un banc de prévenants dauphins, un vol d'oies sauvages, des pluies diluviennes...

Il y aura le recours au fer, Misayre se réservant les lames les mieux trempées pour tâcher de se transpercer le cou, le cœur, le ventre... Mais le bateau brusquement se mettra à gîter, ou le plancher sous l'enclume à s'affaisser, ou trois chats à miauler ; il sursautera, trébuchera, la lame déviera, ne percera qu'un matelas, qu'un rideau, qu'un tonneau... Ou des compères envahiront joviaux son atelier de Nauplie ou de Céphalonie, Rouzoul lui flanquera une bourrade, lâche donc ta ferraille c'est pause à la taverne, la lame déviera, traversera Pujol, par le foie, ou bien Sicre.

Il y aura arsenics et ciguës, cyanures et belladones, quantité de poisons dont il achètera des sachets et des fioles dans les arrière-boutiques les plus mal famées de Raguse, Corfou, Levkas, Akritas, Jampas... Mais, soit qu'il sera trompé sur la marchandise, soit qu'une variété de toxiques le protégera de l'autre, soit que les venins jadis du Roc del Pounchut l'aient à jamais immunisé contre toutes, Misayre pourra avaler, à l'état liquide ou à l'état solide, les potions réputées les moins faillibles, les avaler froides ou les avaler bouillantes, ensemble ou séparément, avant pendant ou après les repas, il ne parviendra pas à s'infliger davantage qu'une migraine, qu'une nausée ou que le coryza.

Quand on est à bord, Princes et Ducs veillent à ce que plus rien ne rouille ni ne s'encroûte, hommes armes bêtes ou mœurs. Sur tous les ponts, quotidiens tournois. De jongleurs. De bretteurs. Si l'on a du vent dans les voiles et qu'on n'a pas tous à ramer, on monte voir nos seigneurs ferrailler, à l'épée ou en strophes.

On a parfois leurs palefrois à promener, c'est concours de robes, au petit trot. Mais quant aux destriers, les ponts leur sont interdits. Le Doge Dandolo et ses capitaines ne veulent pas entendre parler de chevauchées — même individuelles — sur leurs nefs.

Princes et Ducs ont grogné, cédé, se sont rabattus sur un simulacre : on tient lieu de montures. On fixe une quintaine au grand mât, puis on endosse nos seigneurs et leur barda, et, titube que je te titube, on court, qu'ils s'entraînent à planter leur lance dans le crin du mannequin.

Un après-midi on trouve la quintaine bien lourde à hisser. Mais ce doit être par fatigue. On la pousse, elle balance, balaie de sa lance l'espace. On la trouve moins pataude, plus menaçante qu'à l'ordinaire. Mais ce doit être chimère. On courbe l'échine, les preux nous enfourchent, huhau !

Le premier à charger — brusque roulis —

manque son coup, la lance du mannequin le frôle, il choit, ses pairs sourient, on en prend pour son grade. Le deuxième, pas si bête, prévoit le roulis, mais — pas de roulis — manque son coup, la lance du mannequin lui enlève une oreille, il pleure du sang, on l'évacue. Le troisième prévoit tout, le roulis ou son absence, mais un espar se détache d'un mât, le heurte, il manque son coup, la lance du mannequin le soulève, l'expose, puis l'épingle au plancher, on court chercher un prêtre.

Nos seigneurs jettent l'éponge, font décrocher la quintaine assassine. « *A la mer !* » beuglent-ils. Derechef on la trouve bien lourde, mais ce doit être par superstition. Aux espadons de s'y frotter, on la roule par-dessus bord. Un cri s'en échappe. Un deuxième. Cris de joie, qui le croira ?

On lance des cordes, on repêche la quintaine, un cri s'en échappe, cri de rage. On la démonte, on l'ouvre. Dedans : Misayre. Indemne, lugubre.

Quelle mine il fait encore ! Alors qu'on vient de lui éviter la noyade et le ventre des épaulards, sans parler de tous ces coups de lance qui l'ont manqué. Une autre fois, qu'il ne compte pas sur nous pour le garder en vie.

— Ce n'est pas moi, c'est Elle qui compte sur vous, ricane-t-il, et silence.

— Que faisais-tu dans la quintaine ? s'avance,

228

le front mangé de sourcils, le Duc Harald de Frise, une gigasse.

— C'est mon forgeron... se précipite le Comte Adrien, un nain à côté.

— Et après ? Les forgerons, dans votre Comté, petit Cousin, ont-ils licence de porter les armes et d'embrocher la noblesse ? en frôle l'apoplexie le Chevalier de Barocchio, cette outre.

— Il n'a pas voulu... C'est au contraire... se tourne en tous sens notre Comte à la piètre stature.

— Puisque c'est son sujet, laissons-lui le choix de le pendre, de le décapiter ou de l'écarteler, propose, bonhomme, Jean de Najac.

Le Comte Adrien cherche ses mots, la cause est implaidable, il faut pourtant plaider. C'est qu'un forgeron ne se dégote pas sous un fer à cheval, et vaudra, par les temps vers lesquels on vogue, bientôt plus cher qu'un chef du protocole.

— Hé bien ? s'agace l'assemblée : encore un de ces nobliaux qui n'osent pas punir leurs gens, ils en ont si peu.

Le Comte Adrien est toujours à chercher ses mots quand la vigie se met à hurler : « *Terre ! Terre ! Terre !* » avec un tel enthousiasme qu'on en oublie Misayre, qu'on se rue sur les garde-corps, et qu'on s'écrie : « *C'est la Sainte ! C'est la Promise !* » Enfin.

LIVRE HUIT

Le Dit des Ange
et des assassins

Chapitre trente et unième,

qui s'enlise à Byzance.

Penses-tu. Ni la Sainte, ni la Promise. En vérité : Constantinople, bulles et coupoles. Matelots et mousses en poussent des vivats, ils ont des souvenirs et des adresses, ils chantent : « *C'est Byzance !* »

Nonces et Légats, sur la nef amirale, s'en étranglent : cette fois la coupe est pleine, excommunié le Doge ! excommunié qui lui complaît !

Le Doge Dandalo laisse tonner l'orage, Leurs Éminences à l'évidence le détestent et Venise, en raison probable — qui n'a pas ses faiblesses ? — de leurs origines amalfiennes, ou génoises, ou pisanes... Il attend près d'un fond de raki la première accalmie.

Celle-ci venue, il invite un chacun, Nobles Croisés, Chers Débiteurs, à se remémorer qu'article quinze ils se sont engagés à aider le — souligné, resouligné — *très chrétien* Prince souabe Alexis Ange à remettre d'aplomb la couronne impériale sur le chef chancelant de son père, Isaac Ange. Contre quoi forte récompense serait versée, alinéa c, au prorata des troupes effectivement engagées, le cachet de la République faisant foi. Relisez vous-mêmes.

Les pensées des chevaliers roulent et tanguent, la vie se complique de trop si maintenant l'Église et la Banque ne vont plus main dans la main, et qu'elles vous obligent à choisir : ou le salut, ou le crédit. Sur la nef amirale ils font la navette d'une cabine à l'autre, allons Messires, la paix ! Les Romains n'en rabattent pas, « *Voile vers Jérusalem !* » c'est leur dernier mot, excommunié qui ne s'y soumet pas ! Le Vénitien sourit, une bulle ça s'écrit mais ça s'annule, le Pape fait les gros yeux mais les fera doux si vous lui ramenez l'Église byzantine au bercail.

Princes et Ducs lorgnent par les huvelots... Constantinople... Brebis si grasse, ils n'en ont jamais vu.

Énième débarquement. Plein les chausses. Le Doge Dandolo encourage le monde, ce sera l'affaire d'une petite semaine dit-il, les païens du cru ne sont pas foudres de guerre.

On guerroie donc. Seulement, surprise ! Dès le premier soir, au moment de les égorger, on s'aperçoit qu'en fait de païns les blessés d'en face balbutient quasiment les mêmes prières que nous, ça par exemple ! On en a les bras qui ne retombent pas.

Les sergents rappliquent, alors quoi les gars on fait la grève ! On les prend à témoin : « *Sergent ! Sergent ! Il y a erreur, c'est des chrétiens !*

234

Écoutez plutôt! » Ils se penchent sur les murmures, n'en croient pas leurs oreilles, puis les croient et nous disent : « *Vous avez raison les gars, ne les achevez pas sans les bénir.* »

On proteste, on ne s'est pas croisés pour tuer nos prochains, sauf celui qui nous y inciterait. Les sergents reculent, déconnez pas les gars, et décampent. On s'accroupit près de nos frères en Jésus-Christ, on serre leurs têtes blêmes contre nos poitrines, qu'allions-nous faire, pauvres de nous et pauvres d'eux...

Les sergents reviennent, avec notre Comte Adrien, avec ses féaux, avec beaucoup d'autres sergents, avec deux régiments d'emprunt, alors les gars on fait moins les farauds? Le Comte Adrien de sa voix timide demande qu'on ait la grâce de lui désigner les meneurs. On reste coi. Il fait alors passer parmi nous un cornet, un dé, la règle est simple, jeu d'enfant. Pair : on est sauf; impair : bon pour le billot.

Cassagne joue de malchance, un as; et Delort un trois; et Jansou, Vergnes, Eychenne, cinq, cinq, cinq; et cent autres : as, las, hélas. Mais on est une bonne centaine aussi à s'en tirer, par deux quatre ou six. Dieu soit loué! qui ne met pas tous Ses œufs dans le même panier.

— Et Misayre? Qu'est-il arrivé à Misayre? s'inquiète soudain le Comte Adrien.

— Il a sorti un six, dit un écuyer.

Le Comte se rassérène, Dieu soit loué! qui comprend les problèmes d'intendance.

Mais un autre écuyer intervient, corrige :

— Votre forgeron a sorti un six, oui mais... J'ai vu qu'avec charité il l'échangeait contre le trois d'un guignard.

— Et tu l'as laissé faire!

Le Comte Adrien se précipite, crie aux bourreaux de surseoir aux exécutions, erre comme fol autour des billots, fouille du pied les têtes déjà tranchées, Misayre, Misayre, où est passé Misayre? Il l'aperçoit enfin, humble et gris dans une file de condamnés, ah te voici maraud, crie-t-il, et te voici entier, loués soient tous les saints. Il le fait détacher, celui-ci n'est qu'un fraudeur. Il le palpe, tes mains ne sont pas abîmées au moins? Il le gifle, l'entraîne, crie par-dessus l'épaule aux bourreaux de s'y remettre.

Un peu plus loin le Comte Adrien secoue Misayre, cette peur que tu m'as faite, déserteur. Un peu plus loin il le confie aux sergents, vingt coups de fouet crie-t-il, pour t'apprendre que par soi-même commence charité bien ordonnée.

Après quoi le Comte Adrien revient à nous, demande si maintenant, en écoutant de toute notre âme les prétendues prières des vaincus, on ne remarque pas la façon dont ils déforment Christus en Christos; c'est-à-dire écorchent le nom du Seigneur; c'est-à-dire défigurent Son identité; autant dire : s'apprêtent à la nier. Non? On ne trouve pas? Si. Si. Si. Un par un, la centaine qu'on reste, on se penche, on écoute, on se relève, on dit : si.

A la bonne heure. Le Comte Adrien donne l'ordre aux sergents de nous restituer nos dagues et nos haches pour lesquelles patientent depuis bientôt deux heures — allez-y les gars ! — les têtes blêmes des impies.

On guerroie de nouveau. « *L'affaire d'une petite semaine* », répètent les sergents. La semaine grossit d'une autre, accouche d'un mois, qui s'enfle et en pond sept. On finit par déloger du trône l'usurpateur, un Alexis paré d'un III, on rétablit Sire Isaac. Princes et Ducs lui présentent leur note, contresignée du Doge Dandolo. Le vieil homme est à l'examiner quand un ambitieux poignard lui crève les yeux. Il perd le pouvoir avec la vue, tradition régionale depuis Sophoclès expliquent les guides, et meurt en s'excusant, endetté, intestat.

Pléthore de prétendants au titre. Plusieurs portent le nom d'Ange, le prénom d'Alexis encore. Certains réclament l'aide des Croisés. Les autres, leur neutralité. Le Doge Dandolo pousse à intervenir, recommande *son* Alexis, un garçon sérieux : il a promis de chasser Génois, Pisans, Amalfiens, toute cette racaille tyrrhénienne qui déshonore le commerce et la latinité.

Princes et Ducs n'ont rien contre cet Alexis et son programme, mais posent en préalable le règlement de la facture Isaac. Alexis montre ses poches : trouées, montre les coffres paternels,

cadenassés. « *Quand j'aurai les clefs* » dit-il,
« *Après la victoire* » dit-il.

Quelques seigneurs renaudent, mais quoi ?

— Pour récupérer sa mise il faut parfois la
doubler, sentencie le Doge.

— Doublons, conclut l'état-major.

A la condition expresse — Noble Alexis, Cher
Débiteur — que le nouveau contrat comporte :
grand I, étant donné le surcroît de travail, une
substantielle augmentation des primes, en mar-
chandises comme en espèces ; grand II, attendu
qu'unanimes Princes et Ducs sont épris de votre
ville, la concession à perpétuité de quatre quartiers d'icelle, avec il va de soi vue sur la mer.

Ils topent là. On doit remettre ça.

Entre les murs, hors les murs, sous les murs,
contre les murs, assauts ruées piétinements,
fuites, trêves fausses trêves, mêlées hagardes, va
que je te tue, va que je te meurs, on se garde à
présent d'écouter ce que gémissent les corps
qu'on étripe, égorge, enjambe.

En eaux si troubles quoi de plus simple à
pêcher que La Mort ? Bien entendu Misayre s'y
essaie, une fois de plus, attend à des coins de rue
les convergentes approches de deux rondes
rivales, se jette entre elles quand les dagues
sautent mordre les dagues. Pure perte : toutes
répugnent à lui déflorer le sang, biaisent et
s'annulent. Quelquefois il semble au forgeron
que son Ennemie est là, narquoise, est cette

grimace qui luit à terre dans la grimace d'un mourant. S'il se penche, aussitôt la lueur fuit, il ne touche qu'un visage sans vie.

On l'emporte encore. Alexis Ange n'a plus qu'à se donner la peine de s'accoler le IV dont il rêvait. Princes et Ducs lui présentent leur note, « *Après le sacre* » atermoie-t-il, et chacun peut comprendre.

— Après le sacre, direction Palestine, sans faute ! promettent — mendiant l'hostie — Princes et Ducs aux Nonces et Légats.

— Eh bien ! vous communierez en Palestine ! leur promettent les autres.

On reste donc pour le couronnement, on y fait un peu la police, un peu la claque. Pour la première fois on a le temps de jeter un œil sur cette fameuse ville, il faut reconnaître que c'est assez coloré.

— Et pourtant, toujours pas de cheval rouge, note à part soi le Comte Adrien.

A la fin de la cérémonie, dans les coulisses, Princes et Ducs tirent par le coude Sa Majesté nouvelle, c'est au sujet des honoraires. « *Il n'y a pas le feu* » dit-Elle, « *Nous verrons ça à tête reposée* » dit-Elle en enlevant sa couronne, « *On n'a pas idée de ce que ça pèse ces engins-là* » dit-Elle, s'évanouit-Elle.

Ce n'est plus jamais l'heure de quitter Byzance. Pas davantage qu'Isaac II, le Basileos Alexis IV ne règle sa dette. « *Il Nous faudrait lever un impôt de plus* », geint-Il, « *or Nous ne sommes déjà pas très populaire...* »

Réunion d'urgence à la Direction Générale des Croisades. Le Doge Dandolo remue tendrement sa tasse de café, il croit le moment venu, qu'il tisse depuis tant d'années. « *Je ne vois plus qu'une seule solution...* » commence-t-il. Mais Princes et Ducs le coupent, ils ont la leur, n'ayez crainte.

— Servons-nous, disent-ils.

Ils prennent leurs quatre quartiers, s'incrustent entre émaux et camées dans des palais polychromes, délassent leurs jambes torses dans des bains de soie.

— Buffoni ! Pagliacci ! Pulcinelle ! Fantocci ! grommellent Nonces et Légats, la diction empâtée de loukoums.

Dans les rues aux escaliers de musc et de coriandre qui montent depuis les ports d'Eleuthère, de Sainte-Sophie, de Contoscalion et du Boucoléon, la Croix fait la bringue, la Croix fait la loi. Les cours des denrées, des métaux, des tissus et des filles, suivent les mouvements de sourcils du moindre de nos sergents, on s'ouvre des crédits et des lits rien qu'en rotant, on n'a pas encore délivré Jérusalem, pourtant on se sent déjà dans les faubourgs du Paradis, à l'extrême droite de Dieu, déjà.

Ça dure ce que ça dure, le temps du moins qu'au hasard des bazars le Comte Adrien trouve son bonheur, des boîtes inconnues et faramineuses, jeux de trictrac et d'échecs.

— Il y a bien là quelques chevaux, note à part

240

soi le Comte, mais blancs ou noirs, toujours pas
de cheval rouge.

Misayre cherche une idée, un terme. Fébriles à
la fois et indifférents, ses pas l'égarent jusqu'à
une petite place pentagonale. Arcades, échoppes,
grouillement. Au centre : une fontaine, heptago-
nale. Un cheval y boit. Déjà vu. Si c'est un
cheval. Misayre le reconnaîtrait entre tous, c'est
celui qu'il a ferré à Fouïch le jour maudit des
pèlerins.

Où sont ses maîtres ? Un espoir clignote.
Misayre va vers la carne, lui saisit une oreille,
crache dedans :

— Où sont tes maîtres ?

L'autre ne fait même pas l'effort de l'apercevoir, les humains sont désespérément identiques, demandeurs d'impossible. Celui-ci va
s'énerver, ils le font tous, et il va y avoir des
hurlements, des coups, des plaies, des mouches. L'animal brait, qui n'a de cheval que le
nom.

— Merci à toi, dit Misayre.

L'un barbu, l'autre glabre, deux pouilleux
finissent par suinter de la foule. Ils agitent des
bâtons, baragouinent d'hispaniques injures, ou
macédoniennes.

— Ne le demandez pas : je Vous reconnais, s'agenouille Misayre devant le glabre.

Jésus et Pierre, si c'est eux, n'ont que faire d'être reconnus. Le barbu frappe dru leur présumé voleur, le glabre console leur monture. Sur laquelle ils grimpent, symétriques, le glabre en selle, en croupe le barbu, et tournent bride.

Le forgeron se relève, leur court après, Notre Seigneur ! Notre Seigneur ! Il a cherché à Vous joindre, tant et plus, Notre Dame a dû Vous dire. Pitié ! Pitié ! Il ne Vous demande plus de rendre vie à ce qui n'est plus, femmes ou fils, seulement d'effacer Primum, Secundum, Tertium, toute cette histoire. Et surtout — surtout ! — de casser le verdict prononcé par l'Innommable. Il voudrait reprendre simple taille humaine, Doux Jésus, merci quand même pour l'aventure.

Ils sont dans une rue pentue, un ciel jaune s'échappe entre les balcons, Misayre court en se frappant la poitrine :

— Voyez ! Je porte Votre Croix ! délivrez-moi de la mienne !

Le barbu fait le moulinet vers lui, « *Tu veux encore de mon bâton ?* », donne du talon dans les flancs de la carne, serre les côtes du glabre : « *Fouettez la bête, accélérons, ce raseur de Croisé va nous porter la poisse...* »

Le barbu, si c'est Pierre, n'est pas mauvais prophète. Mais comme stratège : un manche. Le cheval prend le galop pour aller, trois rues plus bas, buter sur une patrouille byzantine. « *Halte !*

Réquisition de toutes les montures ! » Glabre et barbu protestent. Résultat : encristés.

Misayre suit ça de loin, s'arrête, halète :

— Notre Dame, Votre Fils m'abandonne, ne faites pas de même.

Chapitre trente-deuxième,

où Misayre recrute.

Sur ce, changement d'Alexis. Un Alexis
Murzuphle, aspirant au V, fait aveugler, puis fait
castrer, puis fait étrangler, puis fait exposer le
IV, dernier des Ange, au cadavre duquel la foule
fait un linceul de crachats : laquais des Latins !

Kandjars et yatagans jaillissent d'entre les
sourires qui ployaient devant nous. Dans les rues
aux escaliers de pistache et de patchouli qui
cascadent vers les ports du Boucoléon, de
Contoscalion, de Sainte-Sophie et d'Eleuthère,
vaille que vaille on reforme nos cliques et on
quitte les claques, la Croix bat en retraite, adieu
Byzance.

Croit-on. Dans la nef amirale, Princes et Ducs
en décident autrement. « *Laver l'affront* »,
disent-ils. Le Doge Dandolo applaudit, cette fois
le moment est venu. Il rappelle qu'il verrait bien
« *une solution, une seule, mais définitive* ». Personne ne l'interrompt, il retrousse les manches
de son bliaut.

Foin des Alexis, dit-il, il faut prendre Byzance
entière, ville et Empire ! si on la laisse aux

incapables locaux, le Croissant des Mahométans ne tardera pas d'y venir souiller les églises, qu'en pensent Nonces et Légats ? s'en lavent-ils les mains ?

Les interpellés sourient de la provocation, c'est aux résultats qu'ils jugeront de la pureté des projets.

Le Doge remercie d'un oblique hochement de tête, voilà un feu vert ou il ne s'y connaît pas... Encore un peu d'ouzo ? propose-t-il. Puis il déroule la carte de la ville et celle de l'Empire. De minuscules bannières de velours y sont déjà épinglées, aux Croisés ceci, à Venise cela. Enfin il tire de ses manchons des contrats déjà rédigés, datez, signez.

Amendements, débats, compromis, paraphes : derechef on doit fourbir les armes. Le Comte Adrien réclame sa cotte de mailles. Quand il la passe elle le gêne aux entournures. On a vieilli, il a grossi.

— Misayre ! Misayre ! appelle-t-il.

On ne se bouscule pas pour lui annoncer que son forgeron est porté manquant.

Misayre n'a pas rembarqué, ni redébarqué quelques lieues plus à l'ouest, où l'on dresse le camp. Misayre est resté à Byzance, y rôde. Le moral au plus bas : des larmes lui coulent à l'intérieur des joues. Sauf lui, chacun court à sa perte : grands et petits, bienheureux qui ne savent pas leur bonheur de périr. Sauf la sienne,

245

combien de fins inscrites dans chaque scène de la rue ! La plus paisible en est prodigue. Misayre dénombre, amer. Ainsi cette fenêtre ne contient-elle pas seulement ce buste de femme qui s'étire puis se plie dans le geste de battre ce tapis, mais encore, mais déjà l'interruption de cet élan, et la flétrissure du buste, et l'usure du tapis, et... Seul n'aura pas de fin Misayre qui les regarde.

Pensif sur une borne, à attendre l'inspiration. Dans la pente des rats trottinent, en long, en large, minutieux notaires des états de siège. Bientôt Misayre les remarque, s'allonge sur le sol, ferme les yeux, s'en remet à eux. Mais les rongeurs l'évitent, comme la peste. Il faut inventer autre chose.

Notre Dame écarte-t-Elle les cils, aperçoit-Elle Misayre, le prend-Elle en pitié ? Le forgeron le croira, Lui attribuera la maternité de l'idée — ô combien secourable, malgré l'apparence — qu'il conçoit à présent. Embaucher un assassin ! Ou plusieurs ! Organiser un concours, si besoin. Ne plus se fier au hasard, si peu que ce soit. Comme fait le Comte, piper le dé.

Une difficulté pourrait être, par ces temps qui braillent, que tous les assassins soient enrôlés, et ne travaillent plus à leur compte, au détail. Misayre gage pourtant qu'il en reste quelques-uns à faire bande à part, ou même tout à fait débandés. Il sillonne les cabarets, fait tinter sa bourse, geint sur un certain rival qui lui fait trop d'ombre, sans autre précision que celle-ci : un Tudesque du nom d'Elend. Puis il patiente sur son banc, le dos rond, les mains sur les genoux.

Les premiers à venir tâter le terrain, minces comme des stylets, semblent frères. Même nez pointu, mêmes yeux d'épagneul, même menton en galoche, même voix rampante, même habit de muraille. Ils parlent sans regarder Misayre. L'un surveille la porte de la taverne, le second la salle.

— Votre Allemand... dangereux ?

— Pire que ça.

— Des soldats ?

— Aucun.

— Alors...

— Ne souriez pas.

— Combien vaut-il ?

— La moitié de cette bourse.

— Plus la sienne.

— Dieu veuille.

— Où et quand ?

— Avant de vous attaquer à lui, tuez en vous la fatuité.

— Où et quand ?

Misayre cite un certain jardin, raconte que l'autre — jugeant pour l'heure les habitations malsaines — y passe ses nuits, sur un certain banc, près d'une certaine vasque.

— Demain vous serez sans rival, s'estompent les deux frères.

Misayre, vers le soir, gagne le jardin qu'il a dit et qui est encore à l'écart des combats. C'est à peine l'écho de leur écho qui frémit dans l'oliveraie et s'évapore au-dessus de la mosaïque des allées.

Le forgeron s'est vêtu et grimé selon son idée de l'Allemand : massif, terne, et confiant. Sur la nuit flotte l'une de ces lunes qu'on doit redouter bien plus que tous les loups qui d'aventure leur hurlent après. Dans tout ce qu'elles éclairent, rien qu'elles ne déforment et pervertissent.

Derniers moments, qui sait, pour l'homme-qui-craint-de-ne-jamais-mourir. Misayre, en guise d'adieu à la vie, caresse sur la vasque les colombes de pierre creuse qui roucoulent à intervalles, quand le bassin se vide ; et quand il se remplit, qui se taisent et piquent du bec vers l'eau, automates que semble commander, du haut d'une colonne proche, un hibou de marbre vert, autre automate, celui-là pivotant sur lui-même.

S'il devait vivre, Misayre n'aurait de cesse d'avoir démonté la merveille, mis à jour ses poulies, ses contre-poids, ses siphons, ses conduits, compris leur agencement. Il se contente de caresser, ne désespérant pas encore de mourir : il emportera ce mystère à élucider là où, peut-être, après tout, règne surtout l'ennui.

Soudain, sur lui fondent deux bras gauches, et deux bras droits se dressent, dagués, prometteurs. Les bras gauches enfoncent la tête de Misayre entre le roucoulement des colombes, les bras droits montent encore.

La lune luit de curiosité, se glisse à l'aplomb de la vasque, en fait un miroir noir maintenant que l'eau remonte vers le silence des oiseaux. Les deux frères sicaires voient plonger sur leurs reflets chacun la dague de l'autre. Leurs gestes se figent, hésitent, changent d'axe, se muent en ce qu'ils masquaient depuis le Diable sait quand, en ce meurtre de l'autre vers quoi secrètement tendaient tant de crimes conçus et commis ensemble.

Et leurs bras gauches lâchent Misayre, et leurs bras droits piquent vers leurs nombrils, les ouvrent, poursuivent dans les homothétiques dédales de leurs entrailles les flammes, qui s'éteignent, de leurs cerveaux.

Chapitre tente-troisième,

où boite un dernier recours.

Misayre reprend sa faction au cabaret. Le vin y est épais, brun, incite au silence plus qu'à l'effervescence. On se tait par bancs entiers, côte à côte. Un homme sans cou, sans angles, s'assoit près de Misayre. Du bout des dents il pose des mots entre eux.

— N'attendez plus les frères Agudo.

— Ah.

— Votre rival est de première force.

— Ils étaient prévenus.

— Je le suis encore mieux. Doublez la prime.

— Ma bourse entière.

— Plus la sienne. Plus deux poignards que vous me forgerez.

— D'où savez-vous... ?

— Yannis se renseigne toujours. Yannis n'aime pas travailler les yeux bandés.

— Plus deux poignards. Ou même six. N'échouez pas.

— Yannis demande : où et quand ?

— Même parc, même vasque, n'importe quelle nuit.

— Yannis objecte : le rival est-il à ce point stupide ?

— Il pense que je le chercherai partout sauf là où je l'ai déjà trouvé.

— Si vous le dites.

L'homme sans cou, sans angles, vide son verre, ajoute rituellement :

— Demain vous serez sans rival.

A la nuit, Misayre, déguisé comme la veille, monte au jardin, s'adosse à la vasque aux automates. Le ciel est lourd, la lune hautaine. Dans l'air le citron domine, avec la bigarade. Le forgeron caresse à peine les colombes de pierre, prie un peu Notre Dame, puis s'étend sur le banc, croise les doigts, parfait gisant, et bonnement s'endort, faute d'illusions peut-être.

Pourtant quand il se réveille, une fraction d'instant il croit... Nuit noire peuplée de cris. Il y avait en Enfer, quand il l'a visité, des quartiers de ce genre.

En vérité ce n'est qu'un assassin qu'on assassine. L'homme sans cou, la tête couronnée de six poignards plantés jusqu'à la garde, tombe assis près de Misayre, le regarde, chuchote : « *Yannis s'était mal renseigné.* » L'homme sans angles roule, rend son dernier soupir, safrané.

On a surgi, c'était encore une fois moins une. On ne lui raconte pas — à quoi bon ? — les périls encourus pour le retrouver, les lignes franchies, les rondes rencontrées, les portes dérobées. On le fourre dans un sac et dare-dare, portes rondes et lignes, au camp, au Comte.

— Misayre ! Misayre ! Je n'ai pas le temps de te faire fouetter ! dit celui-ci. A l'œuvre, fauré ! La guerre te réclame.

Elle en réclame d'autres, et les avale, hommes et bêtes. Des palefreniers battent la campagne, reviennent avec des mules, des haridelles, parfois quand même quelques chevaux parmi lesquels le Comte Adrien ne se donne plus la peine de noter qu'aucun de rouge. Des sergents recrutent à tout va, on verse la soupe sans cesse à de nouvelles têtes, elles ne parlent pas forcément chrétien mais nos capitaines flanquent la Croix sur toute poitrine qui porte deux bras et que deux jambes portent.

Sur ce point, très stricts. Quatre membres, ou du balai ! Un gaillard à la carrure de buffle se fait rembarrer : n'a qu'une jambe. Le gars beugle, il a fait ci aux Maures du côté d'Alicante, ça aux Bulgares aux environs de Tirnovo, un être humain il sait vous l'étouffer, vous l'aveugler, vous l'étrangler, vous le décapiter, vous l'éventrer, vous le découper, qu'est-ce qu'on veut de plus ?

— Que tu puisses encore l'attraper ! se marrent capitaines et sergents, et ils lui lancent un quignon, puis, quand il se baisse pour ramasser, des pierres.

Misayre, non loin, cogne et forge et sue et songe :

— Voici mon homme, ou je n'en trouverai jamais !

Il rejoint le béquillard à la sortie du camp, lui touche l'épaule, renonce à sa fable de rival, de tudesque, d'Elend, et dit simplement :

— Et me tuer, saurais-tu ?

Les cheveux ras, gris, vindicatifs. Des balafres. Des plaques de peau brûlées. Des rides puissantes, furieuses. Le cou, le torse, les bras, musculeux, rebelles. Un gaillard décidément, et qu'on prendrait pour un forgeron, aussi bien. N'était la bouche, lasse, fuyante, une bouche que la faim quitte de moins en moins, mais qui ne se souvient plus de ce qu'appétit veut dire. N'était encore le regard, qui désosse.

— Celui-là ne me ratera pas, s'encourage Misayre.

— Asseyons-nous, propose-t-il. Ou veux-tu — j'ai de quoi — que nous allions chez la vivandière ?

Cette question ! Si messire régale... L'infirme dévisage Misayre, il l'a déjà vu quelque part. A Palerme ? Andrinople ? Tunis ?

L'infirme est sans molaires, déchiquète sa part de bœuf, un œil sur les chiens qui font cercle, l'autre sur ce phénomène... (Naples ? Porto ? Smyrne ?)... Le type continue de s'exprimer comme si vraiment il voulait acheter ce qu'au

253

monde personne n'a jamais eu à payer...
(Patras ? Alexandrie ? Bari ?)... L'infirme, de la
pointe du coutelas, se cure canines et incisives,
cherche le piège...

— Dites-moi votre plan, comment faudrait-il
s'y prendre ?

— N'importe comment ! Sauf à la légère. Ne
sous-estime pas la tâche : plus d'un l'a fait, qui
n'est plus là pour s'en repentir.

Une combine pareille ça n'existe pas, mâche et
remâche l'infirme. Si seulement il remettait ce
paroissien... (Ceuta ? Malte ? Antioche ?)...

— Vous auriez bien une préférence ? Avec ou
sans effusion de sang ? A l'écart ou en public ?
Par-derrière ou par-devant ?

— N'importe, te dis-je. Mais il faudrait que ce
soit soudain. Tellement, que La Mort elle-même
s'en trouve prise de court.

Charabia, ça. L'indice peut-être que le bourgeois est fêlé, on voit de tout... Mais celui-ci, où
déjà ?... A Nauplie ? Narbonne ? Nicosie ?... L'infirme jette aux chiens les restes, annonce :

— Après manger, je digère. Je ne sais pas
comment c'est dans votre partie, mein herr,
mais dans la mienne quand le ventre est lourd la
main n'est pas sûre.

— A ta guise, à ton rythme, pourvu que tu me
fasses mon affaire.

Ils s'éloignent un peu du camp, l'ingambe
suivant l'infirme. Lequel sait un tertre, si ça vous
dit, avec une meule et ce qu'il faut de soleil, ce
qu'il faut d'ombre, pour que la sieste soit comme
il sied.

Ils y sont, font chacun son nid dans la paille, « *A tantôt...* », et s'enronflent.

Le sicaire sort de somme décision prise : si l'autre est toujours là, couic. Il se redresse sur un coude, repère à moins d'une aune sur la droite son drôle de client, qui ronfle toujours. Il tire une pierre de sa poche, y aiguise l'avidité de son coutelas, examine encore un coup la question, coins et recoins, mais n'y décèle toujours pas de risque, à Dieu vat.

Pourtant, tout en se hissant sur sa béquille, il continue de fouiller et de retourner les goussets de sa mémoire... (Tarente ?)... tout en approchant précautionneusement dans le chuchotis de la paille... (Tobrouk ?)... tout en calculant la distance idéale pour lancer son couteau plein cœur... (Marseille ?)... tout en le prenant par la lame... (Palma ?)... tout en clignant de l'œil pour viser... (Djerba ?)... et jusqu'à l'instant d'imprimer à son poignet le mouvement décisif... (Mahon ? Fréjus ? Mellila ? Messine ? Tripoli ? Kithira ?)...

C'est juste vers la fin de cet instant que le soudard se souvient, reconnaît, sursaute : Fouïch ! tandis que son couteau déchire l'air au-dessus du dormeur, fend la meule et s'y terre.

— Par le sang Dieu ! tremble-t-il, se signe-t-il. Un peu plus, et : parricide.

— Pardon ! Pardon ! se glisse-t-il au sol, secoue-t-il le corps paternel.

Chapitre trente-quatrième,

*où Misayre remonte
sur le toit du ciel.*

Côte à côte, le reître qui hoquette et sanglote, et le forgeron qui se frotte les yeux, qui comprend qu'une fois de plus : bredouille.

— Je ne t'ai pas régalé pour que tu pleures, dit au reître le forgeron.

— Ah mon père ! c'est de joie.

— Quel père ? Quelle joie ?

— Robin, je suis Robin.

— Connais pas.

— Baptiste, si vous voulez.

— Des Baptiste, j'en ai perdu quatre.

— J'étais le troisième.

— Le fer ne lui disait pas grand-chose, l'argent beaucoup plus.

— Me voici.

Le gaillard baisse le front, petit garçon. La bénédiction ne vient pas. Misayre regarde devant lui, loin. Là-bas des cavaliers sortent d'un bois, en tenue de chasse. Ils sont au-delà d'un creux et de champs de toutes formes, pièces déjà râpées sur le manteau par ici fatigué de la terre. Quelque chose de rouge nage entre les

tiges d'orge. Misayre envie ce renard, sa pani-
que : ils ne dureront pas.

Robin raconte. Comment il chercha fortune.
Comment il la trouva, plus d'une fois. Comment
il la perdit, plus de trois fois. Les dix métiers
qu'il exerça. Les vingt pavillons sous lesquels il
naviga. Les trente-six étendards qu'il porta. Les
quarante-neuf langues qu'il apprit et les sep-
tante qu'il écorcha. Naples, Narbonne, Nauplie
et Nicosie, cent villes aux noms de femmes. Et
l'hôpital enfin où il laissa une jambe, déchet
d'homme à présent, à qui même les déchets
deviennent difficiles d'accès, ô mon père pourquoi ai-je quitté Fouïch et votre forge ?

— Ainsi — n'a guère écouté Misayre — tu
serais un enfant que j'ai eu ?

— Moins une jambe. Plus vingt ans.

— Si tu es mon fils, pourquoi ne m'obéis-tu
pas ?

— Mon père, je suis tout à votre service.

— S'il est vrai, fais comme convenu : tue-moi.

— Mon père, je ne saurais.

— Tu saurais. Ou, tout à l'heure, te serais-tu
vanté ?

— Point. Mais...

— Nierais-tu m'avoir vendu, devant trois
livres de viande, ton tour de main ?

— Je ne vous l'ai pas vendu. C'était à un
inconnu.

— Raye que tu me connais.

257

— Comment pourrais-je ? Et Dieu le sait.

— Donc tu ne me tueras pas ?

— Et personne ne le fera, je le jure, qui ne m'ait d'abord passé sur le corps.

Misayre rafle, qui gisait entre eux, la béquille de l'infirme. Il en fustige la paille.

— Les ennemis me manquent, les rats m'évitent, Notre Seigneur me fuit, les assassins m'épargnent, et jusqu'à celui-ci qui veut me protéger ! Ô Notre Dame, enseignez-moi : ce point plus bas que le désespoir, comment le nommer ?

Robin tend une main timide vers sa béquille :

— Si vous pouviez ne pas me briser ma fiancée...

Pendant un moment Misayre ne bouge plus, regarde sans les voir le camp la plaine les remparts ; il n'écoute ni n'entend les rumeurs de la guerre, qui se tordent dans l'air comme draps qu'on essore. Une question germe en lui, lentement. Encore soufflée par Notre Dame, sûr et certain : cette question s'avérera la première marche d'un escalier de mots au bout duquel ce toit du ciel perdu, où Misayre était avant Venise et qu'il n'espérait plus pouvoir regagner.

— Soudard, demande Misayre, soudard, si tu es mon fils, pourquoi ne m'as-tu pas reconnu tout de suite ?

— Ah mon père ! Votre visage...

— Eh bien, dis ! Est-il à ce point changé ?

— C'est au contraire qu'il ne l'est pas du tout.

Une heure après ils sont encore là sur le tertre, contre la meule. Et l'infirme à l'ingambe explique pour la septième fois comment, pendant toutes ces années, il avait gardé et chéri une image de son père. Il voulait pouvoir le reconnaître à l'instant même où le destin aurait la bonté de les réunir ! Et il avait trop vu de ces retrouvailles hésitantes où l'on n'a pas prévu la calvitie de l'autre, ni celle-ci l'embonpoint de celui-là, et où ne surgissent des chambres froides de la fidélité que la déception et sa sœur l'amertume. Alors, considérant ce que le passage du temps infligeait à ses propres traits, au fur et à mesure il avait modifié son souvenir, « *dégarnissant vos tempes et les creusant, creusant vos rides et les multipliant, fripant vos joues, blanchissant vos cheveux, déchaussant vos dents, voilant de taie vos cornées...* »

— Eh bien ? ne se lasse pas d'entendre Misayre.

— Eh bien, les moyens mêmes par lesquels je comptais vous reconnaître sont ce qui m'en a d'abord empêché.

— Car ?...

Et il faut une septième fois répéter que non, vos tempes ne sont pas dégarnies ni creusées, qui devraient l'être ; que vos rides sont en nombre égal, qui ne devraient pas ; que vos joues sont pleines, vos cheveux aussi drus et noirs qu'à Fouïch, vos yeux sans leucome ; et que les mêmes dents — trois devant, deux au fond, pas une de plus — vous font défaut, Robin revoit le marché le jour où le barbier vous les avait arrachées.

— Oh, Baptiste ! Baptiste ! Dieu veuille que tu sois le Baptiste que tu prétends, et que je puisse m'en rapporter à ta mémoire. Reprenons voir. D'après toi...

Après la douzième fois, Misayre ne redonne pas d'écu, range sa bourse. Il veut un miroir maintenant, d'urgence ! Debout, Baptiste ! Et, l'ingambe entraînant l'infirme, retour au campement Croisé. On y entend à l'est geindre les olifants de la retraite, déjà des chevaux exténués rentrent et déversent dans les fondrières la brinquebalante agonie de leurs paladins, déjà du plus loin qu'on l'aperçoive : « *Misayre !* », crie-t-on, « *Le Comte cherche après toi, Misayre !* »

Qu'il cherche. Le forgeron a d'autres fers au feu.

— Entrons là ! pousse-t-il Robin sous une tente à l'auvent de satin pourpre.

C'est celle des Catherine, des Cathy, des catins. Miroirs tant qu'on en veut.

Misayre écarte les ventres mendiants des garces.

— Nous ne voulons qu'une torche, et pouvoir nous mirer ensemble.

— « *Acte contre nature.*

260

Décuple la facture », rimaille la maquerelle.

Misayre ne dispute pas, débourse. On allume quatre torches, la maison n'est pas rat souligne la maquerelle.

— Mets ton visage près du mien, enjoint au soudard le forgeron.

Longuement Misayre compare. Puis, aux filles :

— Que vous semble ? Il me ressemble ?

Oui ? Non ? Qu'est-ce qu'il faut répondre au client ? On s'approche, on plisse le nez d'un air de réfléchir, on lorgne dans le miroir du côté de Dame Claudine, à son avis le bourgeois ça lui plairait, ou pas, de ressembler à N'a-qu'une-jambe ? Du sourcil elle fait : Oui. Va pour Oui.

— Beaucoup, oui, dit-on.

— Comme si nous étions de la même famille ?

— Vous ne l'êtes pas ?

— Comme deux frères ?

— Peut-être pas à ce point, même si monsieur votre père fait encore très jeune.

En plein dans le mille : le type s'illumine, lance dans tous les coins des dragmes, des florins, des maravédis, vin à volonté dit-il, et cervoise, si on a.

Et donc voici Misayre au bordeau, qui reprend goût à l'immortalité. Ainsi : on croit qu'il est le fils de Baptiste ! Ainsi : tout de lui est resté en l'état où c'était l'ambigu jour du pommier et de La Mort jurant, perchée, qu'il ne La verrait plus venir ! Ainsi : le Temps n'a pas été, n'est pas, ne sera pas, le fardeau sur lui qu'il craignait depuis l'oppressant matin des portefaix vénitiens ! Ce n'est pas seulement lui qui ne mourra pas ! c'est chaque parcelle en lui ! Ainsi : conséquences à perte de vue, comme il s'en était imaginé après le mois vertical passé pendu au cerisier ! Ah ! Louée soit Notre Dame, loués soient Notre Seigneur et tous les Saints, Pierre y compris, ce chien pourtant.

A haute voix :

— Béni sois-tu, Baptiste, qui m'a rendu la vie.

— Béni, je le suis : je vous retrouve, le vin pétille et il y a ici des peaux de pêche.

— Te souviens-tu du métier ? Redeviendrais-tu forgeron ?

— Sans ma patte ?

— Ce sont les bras qui comptent. Et la cervelle. Tant d'ouvrage m'attend que, n'aurais-tu qu'un doigt de reste, je saurais quoi lui faire faire.

— Parlons-en, père, mais demain.

Qui est le père de qui ? On s'y perd, ces deux-là c'est des spéciaux. Toujours est-il : ne lésinent pas. On est plus d'une Katia, ce soir-là, à recevoir l'obole et livrer son connil. Ils ont l'étreinte prodigue et succincte, on leur en sait double gré.

Vers la minuit, des hommes d'armes surviennent, font du barouf, où est-ce qu'on a caché Misayre ? Le bourgeois sort la tête d'une niche de soie.

— On n'aurait jamais pensé te trouver là-dedans, disent-ils. Ton genre, d'habitude, c'est plutôt : la tête sous une hache.

— Qu'est-ce qu'il a encore, le Comte Adrien ?
— Une insomnie.

LIVRE NEUF

Le Dit des chevaux

Chapitre trente-cinquième,

où l'on assiste à la naissance du chevalier nouveau.

Ici, certaines nuits on croirait la voûte céleste à portée de main, on dirait que les étoiles vont ruisseler entre les doigts comme des grains de millet. Ces nuits-là le Comte Adrien est assis devant sa tente et la lune. D'un index distrait il trace au dos des cailloux d'illisibles réponses aux poisseuses pensées de l'insomnie.

La journée le lui a confirmé, après cent autres : il est fait pour se battre comme un âne pour aller danser. Au combat il n'éprouve aucune volonté, ne fait donc preuve d'aucun talent. Les jouteurs, les bretteurs, les virtuoses de l'estoc, les as de la plommée, il n'en sera jamais. Or c'est à eux qu'échoiront, pardi, les os et les abats quand Doge, Princes et Nonces seront attablés à dépecer Byzance.

Comment se faire, noblement, remarquer ? Comment, à l'heure de la bataille, parvenir à se fixer un autre but qu'ignoblement la survie ? Et si les choses continuent sur ce pied de guerre, son insuffisance ne va-t-elle pas faire scandale ? ne lui faudra-t-il pas restituer son titre et son épée ? Ah ! si seulement, pour décider de la gloire, Dieu pouvait avoir la lubie de S'en remettre à une paire de dés...

Enfin la ronde, qui lui ramène le forgeron. Le Comte Adrien se lève, s'appuie sur l'épaule de Misayre, marchons un peu.

— Je ne vais pas t'asséner proverbes et clichés sur le-sort-des-sujets-qui-dépend-de-la-fortune-des-maîtres. Rien qu'un seul, vérifiable tous les jours : moins j'ai à manger, et plus vous jeûnez. Misayre, je m'inquiète pour toi et tes semblables : votre seigneur est en bout de table, vous ne pouvez que maigrir.

— Notre Comte est trop modeste.

— Moi, non. Mes actes. Misayre ! Misayre ! Trouve dans ton art de quoi leur donner du lustre, de quoi faire retentir dans nos rangs et dans ceux de l'ennemi, partout, le nom d'Adrien de Castelnau, Comte de Fouïch ! Trouve ! Une arme nouvelle, un alliage inédit, que sais-je ? Trouve, et mes coffres te seront ouverts, tu pourras y plonger trois fois tes bras cupides de bourgeois. Trouveras-tu ?

Misayre sourit. Un jour, sûrement...

— Avant ça ! lui serre l'épaule le Comte.

L'homme qui craignait de ne jamais mourir, dans un miroir de bordeau est devenu l'homme radieux d'avoir à vivre toujours. Derechef Misayre est allègre, disert, presque dansant.

Arrive-t-il pourtant que, comme une palombe

égarée de sa volée, un doute traîne encore dans l'air et le frôle ? Lors il n'a qu'à regarder son Baptiste près de lui, qui cogne peu, ne forge pas davantage, mais pour suer, sue : le Temps le ronge, le ronge et le ruine presque à vue d'œil. Quoi de plus rassérénant ?

— A quoi souriez-vous, père ?

— Au plaisir que m'est un fils.

Robin, sans cesse, a d'autres questions en tête : comment, avec deux jambes, peut-on vouloir mourir et pourquoi vouliez-vous ? et pourquoi ne voulez-vous plus ? Mais, au moment de les formuler, sa voix de rogomme, timidement, demande le burin, ou les tenailles, ou :

— Quand me montrerez-vous ce que vous dessinez ?

— Patience.

Depuis hier les parchemins s'entassent sur l'établi de Misayre. On ne l'avait plus vu gribouiller griffonner raturer de la sorte, depuis Fouïch et le pont le plus éphémère qu'eau ait jamais miré.

— Une commande du petit Comte ?

— C'est mon seigneur.

— Mais il n'a pas le sou.

— Pour ceci il en aura. Avec ceci il en trouvera, au centuple. Ou bien : en perdra le souci tout à fait.

A quelques soirs de là, Misayre montre à Robin, fièrement : fini. L'infirme examine, secoue la tête, le père n'a pas changé, n'a rien appris, encore un tour à lui valoir les verges ou le fouet, minimum.

— A votre place... va-t-il pour dire.

Mais Misayre est déjà parti, court.

Le Comte est dans sa tente. Sur sa couche.
Allongé en chemise et en braies. Accoudé, la joue
contre le poing. En face de lui, accroupi, nu,
enchaîné, un prisonnier noble (on n'en fait plus
aucun autre), fin comme un lévrier.

Les regards sont graves, prudents. Ils convergent vers un tapis sur lequel de petits rectangles
de carton, avec des couleurs et des dessins, qui
rappellent — mais en plus simple, en plus clair
— ceux que battaient les devineresses sur la nef.
On y voit tantôt des seigneurs, des dames ou des
valets, tantôt des masses, des pièces d'or, des
coupes ou des épées.

Le Comte, sans lever le nez, explique au
forgeron qui vient d'entrer :

— On a pris Messire sur le fait, dans l'enclos
des prisonniers, qui sortait ça de ses manches.
On a immédiatement pensé : espionnage, et on
me l'a amené. Je l'ai fait déshabiller, il en avait
des dizaines sur lui. Il prétend que c'est un jeu.
J'essaie de comprendre. Il appelle ça naibbe.

— Nayb, corrige l'homme nu.

— Naïpe, comme il voudra. En françois j'appellerais ça : cartons. Ou : cartes. Ou... Enfin, si
c'est un jeu. Ce qu'à Dieu plaise.

Le Comte Adrien lève le nez, et toi qu'est-ce
qu'il t'arrive ? Une idée, mon seigneur. Une idée,
à cette heure ? une idée sur quoi ? Sur la guerre,

mon seigneur. Allons, bon ! que peut-on en
savoir, de la guerre, quand on la fait à pied ? Mon
seigneur ne se souvient pas ? il m'avait demandé.

— Si ! Maintenant que tu...

Ces bourgeois décidément, il ne faut pas rêver
devant eux, aussitôt ils trouvent un truc à vous
vendre. D'un geste agacé, le Comte intime à
Misayre d'attendre, il veut en finir avec l'autre.
Vraiment il préférerait que ce fourbi de cartons
soit un jeu. Et, si possible, qui délasse des échecs.
Plus frivole.

C'était bien un jeu. Ou peut-être ils l'inventent
sous nos yeux, le Croisé et son prisonnier.

— Priez, Messire, dit le Comte, pour que
demain me laisse en vie et pour que nous
puissions, la nuit prochaine, jouer la revanche.

— Je prierai, Messire, promet l'autre, pour
que demain nous garde en vie, pour que nous
puissions, la nuit prochaine, jouer la revanche,
et pour que nous la disputions, vous nu,
enchaîné, moi allongé, en braies.

On rhabille le prisonnier, on le remmène à son
piquet.

— Le piquet. Pourquoi pas ? Voilà un nom
pour notre jeu, note à part soi le Comte Adrien.
Mais, note-t-il aussi, pas le moindre cheval
rouge, là-dedans non plus.

Puis il se mouche, à toi forgeron, assieds-toi et
voyons ton affaire.

Misayre déroule un premier croquis. Ceci est

un chevalier au jour d'au jour d'hui, ceci est son destrier. Vus du sol, mon seigneur. Leur couple paraît lourd et fragile. A la fois. Lourd à la manœuvre, fragile sous le choc.

— Approche un peu voir le chandelier.

L'attention noue des cordes sur le front du Comte Adrien.

Allons au détail, poursuit Misayre, séparons les partenaires. Croquis numéro deux, ce que porte le chevalier. N'énumérons pas, pesons : quarante livres. Tout compris, armes et armure. Babiole. Ne nous étonnons pas de la mortalité nobiliaire.

— Mais, si je me chargeais davantage, mon destrier n'avancerait plus, se coucherait, j'aurais belle jambe et bonne mine.

— Vous touchez, mon seigneur, le fond du problème.

Croquis numéro trois, ce que porte le destrier. Les susdites quarante livres. Plus : le cavalier lui-même, environ cent cinquante livres. Plus : ses propres bardes, soixante-dix livres. Au total : deux cent soixante livres. Ne nous étonnons pas, mon seigneur, de son galop poussif, de ses voltes engourdies, de ses arrêts vacillants. Soulignons seulement que la gauche lenteur du destrier ajoute à la vulnérabilité déjà citée du chevalier.

— Misayre ! Misayre ! Je te vois venir sous ton sournois parler de bourgeois ! Tu voudrais supprimer les chevaux ! Autant dire : la chevalerie ! Plus un mot. Déchire-moi tout ça avant que ton seigneur ne s'en fâche et ne te fasse empaler sur une guisarme.

— Vous les déchirerez mieux que moi, mon seigneur.

Misayre s'est relevé, s'en va, laissant les croquis, perles pour ce cochon.

Ça va de soi, avant de moucher la chandelle le Comte a jeté un œil sur les croquis, bientôt le regard entier. Le lendemain ça lui trotte au crâne pendant que taille, pendant qu'esquive. Et le soir du lendemain, à peine le pied à terre, convoquez-moi le forgeron.

On porte le Comte sous sa tente, on le soutient, on le libère de ses enveloppes, une à une. Cendal. Camail. Haubergeon. Chemise. On commence à le déplier, on le met à tremper dans la brûlure d'un bain, on le bouchonne, on l'étrille, on le retire, on le déplie tout à fait, on l'éponge, on l'allonge, on le livre aux fillettes par lesquelles il se fait quotidiennement piétiner le dos, mais voici Misayre, tout le monde dehors.

Arrête-moi, forgeron, si je me trompe. Ton objectif est double et paradoxal : alourdir le chevalier, mais alléger la charge du destrier. Croquis numéro quatre, tu rajoutes une brigandine entre le haubert et le cendal, tu rajoutes des cuissards, des garde-bras de fer et d'acier. Ce qui ferait, armure plus armement ?

— Soixante-dix livres, mon seigneur.

— Je ne serai guère mobile si je tombe au sol.

— C'est l'inconvénient de mon projet.

— L'avantage étant que j'aurai moins de chances d'y être projeté ?

— Oui, car le destrier...

Venons-y. Le destrier demain, croquis numéro cinq. Tu supprimes ses bardes. Ni sur le poitrail, ni sur les flancs, ni à la croupe, le destrier n'en porterait plus. Tu l'envoies au massacre !

— Au contraire. Je lui rends, vitesse et souplesse, les moyens d'y échapper. Nous avons vu que sa charge actuelle est d'environ deux cent soixante livres. Elle descendrait à deux cent vingt. Quarante livres de moins, rêvez à ça, mon seigneur.

Le Comte Adrien se ronge les poings. Après un moment :

— Ce que je ne saisis pas : ton intérêt là-dedans ? Tu vends moins de ferraille...

— Au poids ? A peine. Mais au nombre de pièces, et au nombre d'heure ouvrées...

— Tu y gagnerais ? Me voilà rassuré, le monde est à l'endroit.

Le Comte Adrien se ronge encore le poing, roule des yeux. Après un moment, comme on lance un dé :

— Forge-moi voir cette brigandine, dit-il.

— C'est déjà fait, dit Misayre.

Chapitre trente-sixième,

où l'on aperçoit enfin,
quoique fugitivement,
un cheval rouge.

Le hasard fait bien les choses, et du lendemain un dimanche. Repos. Essais — sans cheval — dans le secret de la tente. Puis — avec cheval — derrière les halliers de l'arrière-pays. Difficile d'affirmer s'il y a ou non amélioration du point de vue de la résistance aux chocs ; mais pour ce qui est de la maniabilité du destrier : le jour et la nuit. Le Comte lance l'autre dé :

— Je combattrai ainsi.

Le lundi se lève comme un lundi, la langue épaisse, les ordres gourds, les gestes à contre-temps, mis les origlammes immaculés, pimpants, tout attendris encore du chant des lavandières. Après midi Croisés et partisans d'Alexis V Murzuphle se rangent nonchalamment aux deux extrémités d'une plaine sur les franges de laquelle cèdres et mélèzes promettaient de l'ombre, promesse hélas non tenue : le soleil tape à faire fondre armures et ardeurs.

Pour un peu d'air les chevaliers remontent leur visière, puis la rabattent, puis la remontent. Certaines, mal entretenues, grincent, stridulent, à l'exaspération des cigales qui en perdent le fil de leurs conversations.

Ça hennit çà et là, d'un sabot résigné ça remue la poussière qu'il faudra peut-être mordre, ça tourne vaguement l'encolure pour apercevoir ses voisins. Est-ce que ça suppute, comme font les cavaliers, qui restera sur le carreau et qui non ? Ça s'ébroue, ça chauvit, ça guette l'arrivée des retardataires, il y en a toujours, traîne-la-patte, tire-au-flanc ou songe-creux, qui s'imaginent pouvoir se faire exempter et rester à l'écurie bâfrer avec les palefrois. Le rebelle du jour est le destrier d'un margrave poméranien...

A peine par palans et poulies palefreniers et valets d'armes y ont-ils hissé leur seigneur que l'animal le flanque à terre. En équilibre, une fois sur le cul, une fois sur le cimier. On dirait un gros chou de métal. Ça n'a pas le sens commun, de se conduire ainsi : le type va exiger qu'on lui amène une autre monture et qu'on envoie ça à l'équarrissage. Tiens, ça ne loupe pas, adieu bel isabelle.

Anecdotes d'avant la charge. Personne n'en perd un détail. Pour s'en régaler comme du doigt d'eau-de-vie que sert la cantinière ; ou pour s'en exaspérer, « *le pire à la guerre c'est de tant dépendre des autres* » grogne Laurent de Lenna.

— Ce serait plutôt ce qui m'y fait chaud, sourit Roland du Rouvray.

— Et vous ? se penchent-ils ensemble vers celui qui est entre eux dans l'alignement, chevalier à la piète stature.

— Moi ? Quoi, moi ? sursaute Adrien de Castelnau, qui est ailleurs, tout à son trac.

C'est alors qu'un détail tire l'œil de ces Messires, mince de détail.

— Pardonnez-nous, toussote Rouvray, de vous interrompre dans vos prières, mais il nous semble que vos gens ont omis de barder votre destrier. Il est nu, sans défense, tant au poitrail...

— ... qu'à la croupe, complète Lenna.

— ... et sur les flancs...

— ... pareil...

— Nous serions vous, nous profiterions de cette attente pour remédier...

— D'autant plus, tance Lenna, que le Code est formel ! Le chevalier doit protection à son cheval ! Il faut barder, c'est stipulé partout, lisez Chansons et Cycles, lisez Garin, lisez Doon...

— Ah ! Tout de même ! le coupe net Castelnau.

Le Comte Adrien montre sur la gauche le margrave poméranien, sur une selle enfin. On l'aperçoit au loin qui claque sa visière sur un visage que l'on devine pourpre d'ire, vert comme vergogne. On le voit qui pique des deux et vient prendre son rang, enfin. Wilbur de Crèvecœur, dont c'est la semaine de commandement, peut enfin lever le bras et les hérauts enfin peuvent souffler dans leurs trompes depuis trois quarts d'heure embouchées, et l'ennemi peut enfin leur faire écho, pas trop tôt.

— Le Code est ca-té-go-ri-que ! s'égosille

encore Laurent de Lenna, mais lui-même ne s'entend plus.

Lourdement, ça s'ébranle. Batoum-batoum, batoum-toum. Les lances rigoureusement verticales. Trois cents toises à parcourir et il faudra — soulevant la clavicule, reculant le bras, renversant le poignet — les mettre à l'horizontale. Batoum-batoum, batoumtoum, cinquante toises de plus et il faudra tâcher de garder les yeux ouverts et le buste droit quand le batoum-batoum des autres viendra se mêler au vôtre.

Takata-takata-takata-taktak, de la chevauchée des Croisés fuse un éclair grisâtre : le louvet du Comte Adrien, emballé de se sentir si léger.

— Le malheureux ! hoquette dans son heaume Roland de Rouvray.

— Le tricheur ! s'étrangle dans le sien Laurent de Lenna.

— L'insolent ! hurle à la cantonnade Wilbur de Crèvecœur. Rattrapez-le-moi !

Cours toujours... Ce louvet galope avec moins que rien sur l'échine, le sol ne peut qu'effleurer ses sabots. Vite il n'est plus qu'un panache d'olivâtre poussière et qu'une trille, taka-taka-taka-taka, s'amenuisant dans l'approche du tonnerre ennemi. Il s'y fond, s'y dissout, une lance gicle vers le ciel.

Batoum, baaatouuuuum, baaaaaaattttm. Byzantins comme Croisés retiennent leurs destriers, s'immobilisent, à dix toises les uns des

autres. Leur guerre vient de subir — cheval sans
bardes, charge solitaire — une double entorse à
ses usages. Cela exige examen.

Sonnerie byzantine. Trois longues une brève
deux longues trois brèves : proposition de négo-
ciation. Réponse latine, une brève une longue
une brève : quand vous voulez.

Alexis V Murzuphle pousse sa monture de six
pas en avant. Symétriquement, Wilbur de Crèvecœur. Puis ce dernier, de cinq pas. Et Murzuphle,
idem. Ils sont de la sorte bientôt vis-à-vis, et
leurs chevaux tête à queue, caparaçon contre
caparaçon, manœuvrant avec tant de précise
lenteur, tant de délicatesse et d'harmonie qu'on
dirait l'ouverture d'un bal.

— C'est en de tels moments, soupire Roland
du Rouvray, que la fierté vous étreint d'appartenir à votre époque.

— Je serais surpris que ce tricheur de Castelnau appartienne encore à la sienne, ricane Laurent de Lenna.

Wilbur présente les excuses des Croisés, le
Comte de Fouïch a fait cavalier seul, rendez-le-
nous, s'il est vif nous le jugerons, si non :
l'enterrerons.

— Il n'est plus à juger, annonce Murzuphle.
— Las !

Wilbur retire son heaume et, ce voyant, chacun le sien côté Latin. Puis Wilbur se signe
comme se doit, et comme se doit pleure. Cepen-

dant Murzuphle fait volte-face, très dignement vient à son flanc, le Noble Cousin veut-il voir où et comment son preux perdu est mort ? Wilbur sans dire mot acquiesce. Ils vont l'amble jusqu'aux rangs de Byzance.

Là gît, devant l'immobile grief des chevaliers balkaniques, Adrien de Castelnau, Comte de Fouïch, étendu de tout son bref, la poitrine hérissée de treize lances. Près de lui son destrier, naguère louvet, dans le chef duquel une hache a ouvert une double fontaine de sang : il en a, du chanfrein aux paturons, tête et robe, le corps entièrement rougi.

Requiescat, prie Wilbur. Après quoi, il demande que la dépouille soit hissée en croupe de son alezan.

— Point encore, dit Murzuphle.

— Nous avons fait les excuses dues, dit Wilbur.

— Dont grand merci.

— Que faut-il d'autre ?

— Rançon.

— Il n'est pas de rançon pour les morts.

— Allons, cousin ! Ce chevalier n'était pas le tout-venant !

— Justement, si. De modeste naissance, de fief moyen, de piètre stature, et de vertu modique. Médiocre en selle. Médiocre au sol. Médiocre à l'épée. Médiocre à la lance. A table : terne convive. Et quant au lit, m'ont dit certaines, amant quelconque.

— N'en jetez plus, cousin, nous en croirons votre oraison. Le défunt ne valait guère et ne vaut plus rien. Soit ! qu'il vous soit rendu.

Murzuphle donne en grec quelques ordres, tend à Wilbur un linge humide, « *Quand on ne supporte pas la chaleur, cousin, faut-il venir sous ce climat ?* » Wilbur s'humecte le front, songe au diadème sur le cimier de l'autre, Noël ne viendra pas sans qu'il l'ait sur le sien.

Des valets s'approchent, portant le Comte de Fouïch.

— Mais il est nu ! proteste Wilbur.

— Vous n'avez pas réclamé son armure, Noble Cousin, encore moins l'avez-vous payée...

— Depuis quand faudrait-il ?

— Depuis, cousin, que vous expérimentez, sur un cheval sans bardes et sur un chevalier sans valeur, un blindage si épais qu'il n'a pas fallu moins de treize lances pour y trouver la faille.

Wilbur ouvre la bouche, et puis la ferme. Recoiffe son heaume. Attend que lui soit mis mort en croupe.

— Nous non plus, nous n'aurions rien contre une petite trêve, dit Murzuphle.

Batoum-batoum batoumtoum, Wilbur de Crèvecœur regagne les rangs Croisés. « *Trêve !* » lance-t-il en passant devant l'état-major. Nonces et Légats, Princes et Ducs entonnent les airs de circonstance. Le soleil se voile un instant de la déception des corbeaux quittant leurs aguets pour aller voir ailleurs si la guerre y est, le soleil reparaît, chauffe le dos sans vie du menu cavalier nu qui ballotte blafard derrière l'immense carrure de Crèvecœur.

Wilbur s'arrête devant les gonfanons de Fouïch. On a compris, on se précipite. Par saint Adrien, pauvre Comte ! Et pauvre de nous. Qui nous emploiera désormais ?

— Donnez-lui tenue de chrétien ! enjoint Wilbur.

Et tandis qu'on s'affaire il demande : en matière d'armement, qui a prodigué d'aussi calamiteux conseils à notre infortuné seigneur ? qui a forgé pour lui cette ultime et funeste cuirasse ?

Deux fois on montre Misayre.

— Dans ma tente, au rapport ! hurle Wilbur, et s'éloigne.

Misayre court derrière. On pense ne jamais le revoir, faute professionnelle ça peut aller chercher très loin.

Chapitre trente-septième,

qui voit bien des fins,
dont la plus inattendue.

On se trompe, on le revoit vite. En fait de blâme, couvert de commandes. Il n'est pas le seul : tous les forgerons Croisés de même. Et ceux de Byzance aussi, on jurerait qu'on voit leurs feux luire à travers les remparts. Nuit comme jour, au-dessus du camp et de la ville, le ciel se strie de roux, ah ! tout ce que le Comte manque.

On trouve, ces jours-là, de l'emploi en veux-tu en voilà, à marteler, broyer, convoyer, enfourner, étirer, verser, démouler, ciseler, aplatir, rehausser. De l'un à l'autre vont les artisans, enseignant les gestes, et les répartissant. Désœuvrés les chevaliers s'accoudent aux clôtures, regardent naître leurs nouvelles carapaces, s'esclaffent aux grimaces en quoi l'ouvrage nous tord le visage.

Bien d'autres jours faneront à peine éclos, et il en restera en Misayre aussi peu de traces que du passage du vent sur le sommeil des glaciers. Mais ces quelques-là devant Byzance : inaltérables. Il n'est puissants ni misérables qui ne dépendent de Misayre et de ses pairs. Cela n'est pas pour durer ? Sans doute pas, cette fois. Ni peut-être la prochaine. Une autre...

— Patience, Baptiste, patience.

Hélas, plus de Baptiste. C'est l'ombre au tableau. « *Où est passé Baptiste ?* » demande Misayre à ses ouvriers. Qui ça ? Ah ! Robin-n'a-qu'une-jambe ! On désigne la tente à l'auvent de satin pourpre. On l'a vu entrer là-bas hier au soir, on ne l'a pas vu ressortir, s'il faut l'aller chercher on se porte volontaires.

— Personne ne lâche son soufflet ! Personne ne quitte son tabouret ! gronde le maître.

Misayre va sous la tente, secoue la maquerelle, « *Où est passé Baptiste ?* » Elle hausse les épaules, frappez-moi ça ne fera pas revivre votre parent, encore un qui avait les yeux plus gros que les couilles, Cati puis Kate puis Catarina, qu'avait-il besoin en outre de réclamer Kathleen ? A la première caresse d'icelle il était devenu d'un noir d'encre, et il avait vomi sa propre langue, imaginez d'ici mes filles : toutes retournées mon cher monsieur.

J'aurai d'autres Baptiste, pense Misayre. Mais, en attendant, aux instants de doute, qui le rassurera ?

— Vendez-moi un de vos miroirs, dit-il.

Encore trois coups de marteaux et tout est prêt, extinction des feux, les forges débauchent et la trêve prend fin. Les deux armées reprennent place aux deux extrémités de la chaleur et de la plaine. Les destriers portent selle harnais et œillères, c'est tout, aucune barde. Leurs pattes frémissent d'aise, leurs naseaux d'inquiétude.

Les chevaliers présentent les équipements les plus disparates, chacun a disposé différemment des trente livres de supplément autorisées. Grande variété des chefs : Guilhem de Nogaro arbore pour heaume une énorme sphère ; Michel Phocas est coiffé d'un prisme trapézoïdal renversé ; Amauri d'Eymet d'une sorte de tête de cheval ; Jean Lascaris d'un moulage de la sienne, en or.

Bohémond d'Igelin a investi dans le bustier, et de profil (dos plat et ventre proéminent) semble une demi-lune. Berthold von Salza, dont la technique de combat est des plus particulières, a tout misé sur les coudes, on dirait un homme entre guillemets. Tancredo di Spolete, qu'obsèdent les coupe-jarrets, a insisté sur les jambières et les solerets. Jordi de Subirats, qui manquait d'assise, s'est fait plomber la culotte. Quant à Nicéphore Doucas, c'est un cône parfait, s'évasant du cou aux cuisses, avec deux trous derrière deux trous devant, par où coulissent les bras, en piston.

— Je n'aurais jamais cru que nous avions tant de... que nous étions si... enfin, je veux dire : que nous pouvions...

Laurent de Lenna cherche ses mots avec une anxiété qui n'est pas tout à fait dépourvu de curiosité.

— Tout ce métal... toutes ces figures de géo-

métrie... et quid du Code ?... enfin, je veux dire :
où allons-nous ? où court la chevalerie ?

— Guerroyer, pour sûr ! sourit Roland de
Rouvray, et, s'il ne l'avait déjà dit, il dirait qu'en
de tels moment la fierté vous étreint d'appartenir à votre époque.

Du haut en bas des armures, cent innovations.
Entre lesquelles, vite fait, la guerre opère son tri.
A peine sonnée la charge et lancées les chevauchées (plus de batoum-batoum ; c'est takata-
taktak), Guiscard de l'Estoile glisse à terre, le
ventre de son destrier crevé par ses éperons
nouveaux, en forme de herses ; et Théodore
Vatatzès n'en mène pas large, n'ira pas loin, les
épaules tellement renforcées qu'elles le déséqui-
librent tantôt vers l'avant tantôt vers l'arrière,
avec de plus en plus d'amplitude.

La demi-lune de Bohémond d'Igelin, au premier obstacle, l'entraîne roulant par-dessus la
crinière de son rouan. Les guillemets de Berthold von Salza, au premier choc, se détachent
pour aller encadrer le texte jauni de quelques
touffes d'herbe, et le preux, coudes nus, en est
réduit à improviser, avec ses genouillères, une
technique de remplacement. La sphère de Guilhem de Nogaro s'avère magnétique, attire plus
que son lot de flèches, de lances et de masses,
tant et tant qu'elle ne tarde pas à tourner sur une
orbite indépendante de son tronc. Quant au cône
de Nicéphore Doucas il laisse si peu de latitude à

ses bras que ce stratège passe une déprimante après-midi à empaler le vide.

Au soir, bilan. Sous le pavillon de l'état-major Croisé, le Doge Dandolo est président de séance. Sa dextre gantée de jaune donne et retire la parole comme elle jouerait d'une cerise devant la bouche d'une gourmande. Tancredo di Spolete laisse passer son tour : on est en train d'essayer de lui enlever du crâne le V d'acier qu'Alexis V Murzuphle y a fiché d'un coup de taille au faible du cimier. A cette abstention près, unanimité. Expérience à poursuivre, conclut l'aréopage, en alourdissant non plus telle ou telle partie de l'armure, mais chacune un peu.

— Exactement ce que j'avais recommandé à mon forgeron, plastronne Wilbur de Crèvecœur. Résultat : pas une égratignure, et dix trophées dans la journée ! Qui dit mieux ?

Personne. Congratulations, vivats, hourras, toasts. Et question : ce forgeron à qui vous dispensâtes, Cher Cousin, de si judicieux conseils, n'est-ce pas le Misayre qui, précédemment, servait ce nobliau languedocien à la piètre stature ?

— Ah ! Messires ! N'allez pas me le voler !

Espère toujours. Wilbur de Crèvecœur se frappe de rage les cuisses, mais quand guérira-t-il du prurit de fanfaronner !

« *Où est passé Misayre ?* » C'est tout le camp Croisé à présent, et plus seulement le carré de Fouïch, qui bruit de la demande. La nuit durant, devant la belle étoile à laquelle il couche, les émissaires se succèdent et les enchères caracollent. A la deuxième heure, Misayre est bon pour le service de la maison Bourgogne, à la quatrième heure il est aux gages d'Henry Salisbury, à l'aube il part derrière l'intendant d'un prince Hohenzollern.

— Baptiste! et toi aussi Baptiste! Et même toi, noceur de Baptiste! Que n'êtes-vous là pour voir votre père marcher vers la fortune.

Fort peu après, Byzance est prise. D'ouest en est, le long de l'avenue Mésè, la Croix va comme un vent de soufre, calcine tout. Ses trompettes chantent au-dessus des épées, les appellent, effraient jusqu'aux busards, place Augustéon, qui griffent de leur attente les cheveux des statues. Dans les escaliers qui cascadent vers la Propontide, la Corne d'Or ou le Bosphore, des corps sans nombre s'ouvrent et roulent, suant un sang déjà sec.

Portant dans leurs bras hurlant des petites sœurs de quatre ans dont seule remue encore la toupie accrochée au bout de leur index, des enfants de douze ans surgissent de la poussière des ruelles, et la poussière des destriers Croisés les avale, ou celle des mules et des ânes qu'on pousse dans les églises et qui lèchent indolemment sur le marbre les yeux révulsés des patriarches et des popes pendant qu'on arrache les ors et les pierreries des autels, des portes, des chaires, et qu'on entasse icônes, vases et châsses dans les paniers où le Doge Dandolo récupérera ses créances, capital et intérêts, pour solde de tout compte.

Quelques mois passent. Les chiens errants ont depuis longtemps fini de ronger le dernier os du dernier moignon d'Alexis V Murzuphle, dernier Basileos, et le premier Empereur latin a depuis longtemps reçu l'investiture de ses pairs (non, ce n'est pas ce vantard de Crèvecœur), et Byzance a depuis longtemps été partagée (quartier par quartier, province par province), quand au milieu d'un banquet quelqu'un (Nonce ou Légat) rote et se rappelle « *L'objectif, Messires ! Jérusalem, Messires !* »

Du fond des sofas Princes et Ducs tendent l'oreille, puis mollement la main pour reprendre leurs armes aux râteliers. Beaucoup sont rouillées, tordues, faussées. Les forgerons reviennent à l'ordre du jour. Diephold von Hohenzollern mande le sien, *diese französisch*. Son intendant baisse le nez.

— Monseigneur ne sait pas ?

— Est-ce que je n'ai pas déjà trop de choses à savoir ?

— Votre forgeron est mort.

— Le Misayre ?

— Ach.

LIVRE DIX

Le Dit des disparitions

Chapitre trente-huitième,
à la singulière
première personne.

A ce point de l'histoire je ne puis qu'intervenir, tant pis s'il faut tomber le masque et dire qui tient depuis le début la plume...

C'est à Venise un soir que j'ai ces nouvelles de Misayre. Je m'y trouve alors au chevet, notamment, du Doge Dandolo. Depuis son retour de Byzance, et fêté son quatre-vingt-dix-septième anniversaire, il a passé la main, garde la chambre, se réduit à bouillons et tisanes. Dans l'anti-chambre et les couloirs ses visiteurs trompent l'attente, murmurent, potins de toutes prove-nances. D'un de ces groupes suinte le nom de Misayre — je tends l'oreille — et qu'il est mort — *incredibile auditu!*

Vivement je m'approche. Le nom cité est-il bien Misayre? C'est. Un forgeron? Français, et des meilleurs. Et il serait...? Hélas. Mais, de Dieu quelle façon...? Assassiné, docteur, à ce qu'on raconte.

J'envisage le pire, un accident, ma main qui ripe, l'outil qui dérape, Misayre fauché par mégarde... Je blêmis, je rougis, je verdis :

pareille erreur ! Après tout le soin mis à déjouer ses ruses quand il ne songeait qu'à en finir ! Et juste au moment où il avait enfin pris la mesure de son sort, paraissait s'en accommoder ! Jamais décès ne me sera une victoire plus amère.

S'il y a décès... Si ce n'est pas une nouvelle feinte... Mais pourquoi aurait-il feint... Et comment... Non, non, il y a décès, Misayre n'est plus... Impossible, Misayre est encore... Je jaunis, je bleuis, je violace, j'en termine au plus vite avec le Doge pour ce qui est de Venise, et partout ailleurs j'abrège de même mes affaires en souffrance, refuse absolument d'en entamer de nouvelles. Je veux me consacrer entière à l'enquête qui s'impose, je n'aurai de cesse que je ne *sache* ! En profite qui voudra, les ennemis pour se réconcilier, les épidémies pour s'enrayer, les bourreaux pour s'attendrir, je sors un instant du jeu, qu'on s'arrange sans moi, pour varier.

Le temps qu'il faut pour tracer le mot Byzance et j'y suis, quartier Hohenzollern. L'intendant du Prince me reçoit bientôt, j'ai l'apparence d'un banquier cousu de lettres de change. A un détour de la conversation je le lance sur le-fer-métal-de-l'avenir. De fer en Misayre la phrase glisse, « *ah si vous aviez connu le fabricant que nous avions...* » Je scrute cette face blanchâtre, ces yeux jaunes, cette lippe lasse, est-ce qu'il me ment, est-ce qu'il se trompe ?

Après l'intendant, les prévôts. Cette fois je suis

un parent du présumé défunt. Les magistrats se récrient : « Comment ça, présumé ! ! ? » Et de pousser vers moi rapports et témoignages, pas l'ombre d'un doute. Je lis relis et j'en retire que le sixième d'octobre mil deux cent quatre, dans l'atelier où travaillait et logeait der Schmiede-meister Misayre, à la limite des districts de Vlanga et de Xeropholos, un homme de la taille de Misayre, portant les vêtements de Misayre, a été retrouvé couché sur l'établi de Misayre, la tête fracassée par une énorme masse, seul bien de Misayre que l'assassin n'ait pas emporté.

— Qu'est-ce qu'il vous faut de plus ? rangent-ils leurs registres.

— Rien... Si ! La tombe.

Un officier me conduit sur l'acropole, me désigne en contrebas les rochers les tourbillons les bras de mer qui s'y marient, Marmara Bos-phore et Chrysokéras, « *Voilà l'endroit* » dit-il, ce n'était pas une période où l'on prenait la peine de mettre en terre les forgerons victimes d'homi-cide.

Ainsi toutes preuves sont dissoutes... Je reprends espoir, Misayre vit peut-être. Sept à sept je descends remonte et redescends les esca-liers d'aneth et d'ivoire, soudoie ou/et rudoie tout ce que la ville compte alors d'indicateurs, d'intermédiaires, d'entremetteurs, et c'est légion. J'apprends enfin, quai du Boucoléon, l'embarquement pour Antioche trois semaines auparavant d'un bourgeois français dans la force de l'âge, aux mains et à la nuque épaisses, à l'oreille un peu dure, un soi-disant Rouzoul.

Le temps qu'il faut pour penser le mot nef et je la retrouve, roule d'une vague à bord. Ce voyageur accoudé à la poupe, je respire : Misayre. Hennin et traîne, je fais la voyageuse, m'accoude.

— Tu n'es pas Rouzoul, pourquoi le prétends-tu ?

— Quelle dame êtes-vous ?

— La Dame. Et ta servante. Pourquoi fuis-tu ?

— Que vous chaut ?

— Je veux t'aider.

— C'est nouveauté.

— Tu m'as aidée.

— Je ne vois ni quand ni comme.

— Souvent. Comme le rabatteur le chasseur.

S'il faut mettre les points sur les i... J'énumère. Selma, pauvre sorcières, si longtemps distraite par Misayre qu'elles avait failli à leur tâche et qu'on l'avait brûlées. Frère Jaume, malheureux inquisiteur mis à la torture par les réponses que Misayre lui avait faites. Le Comte Gauthier, la Comtesse Catherine, leur Comté : massacrés ; et leurs massacreurs, Cardinal Connétable et Campeador : pareillement ; les uns et les autres à cause d'un arsenal que Misayre avait forgé. Le Comte Adrien, pourvu d'un cheval rouge pour avoir écouté Misayre. Et tous ces serfs mis en branche à Fouïch, qui, sans Misayre, n'auraient jamais pu croire le temps venu d'une terre sans seigneur. Et tous ces soldats depuis, péris pour avoir eu à protéger Misayre. Et les deux frères sicaires dans le jardin aux automates, et Yannis sans cou ni angles, disparus après que Misayre les ait embauchés.

— Jadis, ajouté-je, c'est par dépit que je t'ai condamné à vie ; aujourd'hui ce serait pour l'avantage d'avoir avec moi, *in saecula saeculorum*, un fournisseur des plus féconds.

La houle est tendre, rien ne mouchette l'azur Pourtant sur le front du forgeron saillent les trois rides de toujours. D'un gant je les effleure, *poverello*, je voudrais qu'il m'explique : la dernière fois que je l'avais aperçu, dans Byzance, sa fortune paraissait faite, il n'avait plus qu'à la cueillir ; et voici qu'il avait tout abandonné, Prince pension et forge, jusqu'à son nom de Misayre.

Il hoche la tête, c'est qu'il y voit clair, enfin. Le sort que je lui avais jeté, d'abord il l'avait pris pour un autre, calamiteux. Puis il l'avait considéré comme une aubaine.

Plus tard il avait de nouveau pensé que c'était une calamité. Ensuite l'illusion l'avait repris que c'était une aubaine. Maintenant il savait : une pure calamité.

— Allons bon. Qu'est-ce qui t'a encore fait changer d'avis ?

— Je n'en changerai plus.

— N'en jure pas. Dis plutôt : qui te fait fuir ?

— Un cauchemar.

— Les rêves, je n'y suis pas experte. Il paraît que j'en traverse beaucoup, mais jamais aucun ne me traverse.

— Raconterai-je quand même ?

— D'autant plus.

On vient d'entrer dans Byzance. Misayre marche parmi les gens d'Hohenzollern. On progresse en bas d'un aqueduc. Les hommes d'armes plantent à intervalles leurs piques dans l'ombre des voûtes.

Une autre troupe, parallèle, avance de l'autre côté des arches. Misayre remarque bientôt qu'en font partie ses anciens compères, le tisserand le sellier le menuisier de Fouïch. Il lève le bras vers eux. Son geste, semble-t-il, se perd entre les hampes des étendards et des lances.

Mais, un peu plus loin, des mains se posent sur lui, ses épaules, ses reins. Pujol Rouzoul et Sicre l'ont rejoint, le reconnaissent avec une sorte de répugnance. « *D'où vient* », demande l'un et tous les trois continuent de palper Misayre avec des doigts de délateurs, « *d'où vient que toi seul n'aies pas vieilli ?* » Il se signent, s'écartent, se fondent dans le flux. Misayre lève de nouveau le bras vers eux, il voudrait effacer quelque chose, mais où donc est-ce écrit ?

Cependant on débouche sur le Forum du Taureau, l'air redevient brusquement sonore, et une autre troupe dégringole vociférant les marches d'un palais, traînant par les pieds le Basileos dont la tête rebondit en arrière comme si le rattachaient encore au trône et pouvaient toujours l'y remonter les lambeaux d'or que perd son vêtement et le filet de sang qui goutte de ses lèvres.

On le couche au centre du Forum, sur la table d'améthyste. Un frisson prend la foule ; le mouvement de ses anneaux projette Misayre au premier rang. Il est de ceux qui tiennent aux chevilles Alexis V Murzuphle pendant que rituellement on l'aveugle.

Soudain on ne sait quoi bascule, c'est Misayre à présent sur qui on se penche, et dont on sépare un à un les membres, puis le sexe, puis la tête, tout en psalmodiant : « *D'où vient que toi seul...* » dans toutes les langues de Babel.

Ensuite on n'est plus là. On a emporté à tous les coins de la ville, roulés dans des tabards, les morceaux — chacun immortel — de celui qui ne vieillit pas. Sur le Forum on n'a laissé que le tronc. Leurs pattes hautes comme des colonnes, des loups se détachent des péristyles et descendent vers la table d'améthyste demander son secret à cette chose qui continue de panteler.

Tel était le rêve chaque nuit rêvé pendant des mois. Mais Misayre n'en avait pas entendu le sens, et d'ailleurs n'avait pas essayé. A peine levé au travail, ces mois durant, le songe s'effaçait aussi aisément de son esprit que de ses traits les faux plis du sommeil.

Jusqu'au matin où au réveil il trouva un homme, accroupi tout près de sa natte, qui l'observait en roulant les yeux avides de l'incrédulité. Or cet homme, Misayre ne l'avait pas rencontré depuis des semaines; il appartenait à un passé qui s'enfuyait à grandes guides, infime panache au loin qu'avalerait bientôt le nombril de l'horizon. Mais ce même homme, Misayre venait tout juste de le quitter; il faisait aussi partie du rêve récurrent, hors duquel il semblait avoir précédé Misayre pour venir l'attendre dans sa forge.

— Le menuisier Rouzoul, dis-je.

Le visiteur se lança dans un récit à péripéties, ça serpentait vers un emprunt, « *Toi qui as la chance...* » revenait en antienne. Seulement, dans le creux de ses phrases se mit à ramper l'ombre du songe qui, pour la première fois, excédait la nuit et le dormir. Le Forum du Taureau... Le Basileos... La table d'améthyste... Les couteaux, les loups... investirent l'atelier. Leur signification bondit vers Misayre : si l'on savait qu'il était immortel, on lui ferait parcourir l'éternité taillé en pièces, pulvérisé en cendres, émietté, ou Dieu sait.

Misayre fixait Rouzoul, cette bouche où fatalement allaient se former les mots du rêve : « *D'où vient, Misayre, que toi seul n'aies pas vieilli ?* », puis le menuisier se précipiterait dans la rue pour crier à la garde et dénoncer le sorcier le démon Satan, puis on accourrait avec des mots sacrés écarteler ou brûler celui que le Temps n'use pas...

300

Misayre avait devancé les mots, saisi une masse, frappé Rouzoul, pris son costume et son nom.

— Mais c'est en vain, La Dame, puisque tu m'as retrouvé. Et tu ne seras pas la seule. On me retrouvera, qu'on me cherche ou non. Si ce n'est aujourd'hui, demain, dans un mois, dans un siècle. Pas un homme, pas une femme, pas un enfant, dont je n'aurai à me méfier. Pas un lieu, pas un établi, pas un bien, pas un nom, que je ne devrai quitter. Après ça, prétendras-tu que tu n'es pas mon ennemie ?

— Je ne le suis plus.

— Fauche-moi donc.

— Je ne peux pas changer ton sort, il est jeté. Mais je peux t'aider à l'aménager. Écoute...

Sur le château arrière d'une nef cabotant vers Antioche, ainsi sommes-nous, noble dame et marchand cossu, qui égrenons dans le sillage le murmure de nos projets. Tout est dit quand la nef accoste en Syrie. Sur le quai voyageur et voyageuse prennent congé, où va-t-elle, où va-t-il ?

— A Damas, me répond Misayre, apprendre à damasquiner.

— Ici et là, lui dis-je, tâcher d'enseigner que, sauf nous, tout a une fin.

Chapitre trente-neuvième,

où Misayre
se hâte jusqu'à nous.

Misayre meurt trois fois par siècle, au moins. Parfois quatre. Et jusqu'à cinq, selon la fréquence des guerres, des pestes et des famines. Nous en sommes tombés d'accord : il doit être l'homme au monde le plus soucieux de vraisemblance.

Morts tissées de loin. Misayre engendre, à profusion. Au fur et à mesure que ses enfants grandissent il vieillit son apparence, autant qu'il est possible par la coiffure le vêtement la démarche. Puis, quand ce n'est plus possible, il se couche et m'appelle. J'arrive, fais ce qu'il faut : arrêt du cœur le temps qu'il faut. On l'enterre, je le libère, il tire pays.

Secrètement il revient pour les trente ans de son aîné, l'observe, s'exerce à parler de sa voix, assimile ses gestes, son rythme. Si c'est dans le cadet qu'il se retrouve davantage, il patiente, parfait son personnage. Puis, une nuit, procède à la substitution. Et au matin endosse les habits, les contrats et les comptes de l'héritier dont il a choisi d'hériter.

Les brus, quelquefois, font problème. Il arrive qu'à l'aube Hildegarde (ou Mathilde, ou Lucinde) lui déplaise. Il arrive aussi qu'elle s'inquiète (Laure, Edmée, Séraphine) de ce corps tout d'un coup si dense contre son flanc, et réclame l'époux de la veille au soir, plus léger. Dans les deux cas Misayre ne voit pas d'autre issue que de recourir à mes services. J'arrive et fauche. Le deuil passé — car il faut aussi que Misayre soit l'homme au monde le plus respectueux des convenances — il se met en quête d'une Gudule, pucelle. Qu'il épouse, engrosse, ainsi de suite, ainsi vont ses vies.

Faut-il que je cite les stratagèmes dont il use et jongle ? Un seul, qui les dira tous.

L'an quinze cent seize, pendant Carême, un bossu frappe six coups lourds comme glas à la porte de la maison Misayre, place du marché, Fouïch. Il ne sait que quelques mots de langue d'oc, à peine plus de français, il arrive d'Italie, il a des nouvelles du père. « *Votre maître* », dit-il à la famille rassemblée devant l'âtre, « *est tombé à Marignan, voici sa médaille et voici l'or qu'il amassa pendant la campagne.* » L'homme pleure, de l'œil droit (le gauche est sous un bandeau), le disparu était plus qu'un ami pour lui, dit-il.

La femme Misayre (en ce temps-là : Marguerite) considère la médaille, avers et revers. Aucun doute, c'est celle de son mari. Elle pense : je ne suis donc plus la maîtresse, ici. D'instinct

303

sa main cherche à sa ceinture le trousseau de clés, il faudra sous peu le céder à la bru.

L'aîné de Misayre (en ce temps-là : Baptiste) considère l'or, écus deniers et florins, jolie somme ; considère le bossu, combien d'autres se seraient acquittés de la mission ?

— Etranger, dit le fils au bossu, s'il te plaît de prendre ici du repos, notre maison soit la tienne. S'il te plaît d'y rester, le travail n'y manque pas, nous t'en apprendrons les besognes.

Le bossu remercie, *grazie tante*, pose son baluchon, en tire une couverture de laine écrue qu'il étend entre le feu et le soufflet, dont il devient passablement vite le très habile servant. Moins de trois ans après il disparaît, sans adieu, sans retour. Et sans raison si l'on s'en tient à des récits d'époque comme le pourtant subtil journal de Nicolas Moulis, négociant : « *D'estranges faits advenus en la ville de Fouïch du temps qu'y vivois.* »

La vérité est qu'une nuit de quinze cent dix-neuf le bossu se leva, et monta gravement les vingt-six marches jusqu'à l'étage. Sur le palier, avant de pénétrer dans la chambre de Baptiste, il défit sa bosse dont, sans la moindre hargne, il étouffa l'haleine blonde qu'exhalait son fils.

Dans la tombe qu'il creusa l'heure d'après dans le jardinet, il jeta, avec le cadavre paisible, la couverture de laine écrue, et le ballot d'étoffes et le bandeau dont il s'était contrefait depuis trois ans. Revenu dans la demeure il alluma deux chandelles et, soigneusement, se rasa barbe et moustaches. Puis il remonta les marches et s'allongea dans le lit de Baptiste.

Au matin, comme aurait fait son fils, il découvrit l'absence de la couverture, s'enquit du bossu auprès des ouvriers. On n'en savait rien de rien. Alors il appela les femmes. L'une était cette Marguerite que depuis son retour d'Italie il n'avait pas toujours regardée sans regret, et qu'il nommerait désormais : « *Mère* ». L'autre était une Louise, dont il venait de décider de la conserver pour épouse, ayant pratiqué sur son corps ensommeillé de veuve-sans-le-savoir un acte d'amour somme toute satisfaisant.

A l'une, à l'autre, et à tous, il demanda de s'assurer qu'en partant le bossu n'avait rien volé. Comme il apparut que non, que rien, il dit encore ceci :

— L'étranger est parti sans nous offenser. S'il est parti il faut donc que nous l'ayons offensé.

Pour s'en faire pardonner la famille Misayre commanda une messe, et qu'on y lût la parabole de Lazare, dont qui se lasserait ?

Entre une disparition truquée et une résurrection clandestine, Misayre court le monde et l'élargit. Fonde autant de familles que de comptoirs. Sur la caravelle de Cristoforo Colombo il a nom Gomes, Maillard sur le vaisseau de Samuel Champlain, Kelly sur la goélette de James Cook. A le suivre, parfois je ne sais plus où donner de la faux. Rouges, jaunes, noirs : civiliser, quel travail de Romain.

Si loin que parte Misayre c'est toujours à Fouïch qu'il songe et revient, impatient de reprendre sa place pour utiliser les matériaux les procédés découverts en chemin, les connaissances les capitaux accumulés. A l'un de ses retours, la France n'a plus de Roi, et Fouïch n'a plus de Comte : on les a chassés. Le forgeron applaudit, on l'élit député. Il embrasse un chacun, on est tous ses frères, pour toujours. Semaines de liesse. Sa forge close il arpente les rues, un Baptiste à sa suite, dansant. Du balcon du château il proclame : « *Je suis immortel ! Je suis immortel !* » De sorte, conclut-il, qu'on n'a plus de souci à se faire, le pain ne manquera jamais, ni le fer à forger.

A quelque temps de là il m'appelle pour me confier quelques têtes têtues qui croient que révolution veut dire mouvement perpétuel et ne veulent pas admettre que celle-ci est achevée, parachevée. Je profite de l'occasion pour m'étonner :

— Misayre ! Misayre ! Tu m'avais dit que tu ne voulais pas que ton immortalité soit révélée, et c'est toi-même...

— Ah La Dame ! Quelle délivrance ! Comme ça m'a fait du bien ! sourit Misayre jusqu'aux tempes. Et puis — me serre-t-il le coude — tout bien réfléchi ça ne peut pas faire de mal : je tiens les rênes désormais ; qui ne s'en réjouit pas sait ainsi qu'il lui faudra s'y résigner.

Là-dessus, qu'est-ce que je dirais de faire le tour du propriétaire ?

Le donjon sera pour son logement. Le reste, tout le reste, pourvu qu'on lui laisse les rênes il en fera : ateliers, ateliers, ateliers, laboratoires, bureaux, école, hôpital. Et théâtre, sans faute.

Depuis le chemin de ronde Misayre lance des cailloux vers l'horizon, en vérité je te le dis l'homme va prendre son envol enfin. Et tout ce qui sommeille s'éveillera. Et tout ce qui paresse œuvrera. Et de l'infiniment petit jaillira l'infiniment grand. Et toutes chaînes se briseront, toutes ombres se dissiperont, toutes distances s'aboliront.

— Et ton empire lui-même, La Dame, sera battu en brèche ! A condition...

— A condition ?

— Qu'on me laisse les rênes.

Ce ne sont pas les objections qui me manquent mais je n'ai, qu'on qu'on pense, aucun goût à jouer les rabat-joie, et laisse donc Misayre s'imaginer, pour la troisième fois, sur le toit du ciel.

Chapitre quarantième,

et, si tout va bien, dernier.

Lustres et lustres, bien de l'eau sous les ponts. Les champs reculent devant la ville. Forgeant cognant suant sourds, on ne dit plus la mais les Forge(s). On y entre, fils après pères et grands-pères. Ici et ailleurs Misayre ouvre des usines, remplit des coffres.

Lustres et lustres, bien des ponts de bombardés et reconstruits. Atelier après atelier les Forges reculent devant l'herbe. Aucun fils n'y entre plus, et cent par cent on doit en partir, des grands-pères et des pères. Ici et ailleurs Misayre ferme des usines, remplit des coffres, on ne le voit que de loin en très loin, toujours par monts et par jets entre Francfort Tokyo New York. On l'attend pour jeudi, réunion à sa demande du Comité d'Établissement, à l'ordre du jour : dépôt de bilan.

Le jeudi en question, débrayage assez largement suivi. On accompagne les délégués jusqu'au bâtiment du C.E. On pose les banderoles contre ces murs où si souvent. On s'adosse aux voitures, on serre nos canadiennes et on sort nos gauloises, on lance des blagues qui fanent quelque part dans l'espace entre dire et entendre, et le tabac déjà jaunit la cellophane de l'hiver.

Aux gendarmes plus tard, Peyrot — ouvrier professionnel du troisième échelon au service Entretien — parlera du « *foisonnement des signes* » dès le matin, ce jeudi du C.E. Il citera l'exorbitante présence des mouches frelons papillons, ou encore : l'indigo du ciel, inouï pour un décembre boréal, ou encore : le mutisme, plusieurs heures, des pots d'échappement. Mais personne d'autre ne se souviendra des phénomènes.

Prétendra-t-il, à l'arrivée de Misayre « *Les signes coagulèrent* ». Sur le moment, à vrai dire, tout ce qu'on voit c'est un point une tache une boule un ballon, l'avion du patron qui approche puis se pose au bout de l'esplanade, roule et vient se ranger le long du bâtiment. Aux commandes, comme d'habitude, le fils aîné Misayre, sourire d'agneau et cœur de loup.

Les huées grêlent. La porte s'ouvre : de plus belle. Sa mallette paraît, puis le P-DG. Surprise, derrière lui deux jeunes types s'extraient de la carlingue. Immenses, jamais vus à Fouïch. Montagnes de steaks, de lait, de bière. L'un barbu, l'autre glabre.

Misayre, encore sur la passerelle, lève la main, voudrait en placer une. Lazzi. Il attend. Lazzi.

Peu à peu quand même on fait un silence qui ricoche et coche cri après l'autre. Alors Misayre :

— Tâchons, messieurs, d'offrir à nos visiteurs une meilleure image de nous-mêmes.

Ses deux amis viennent de Californie explique-t-il, J. C. Godson et l'un de ses proches collaborateurs Peter Church. Ils ont pris leurs bâtons de pèlerins, parcourent l'Europe, cherchent un site où investir, pourquoi pas Fouïch. Ils apporteraient « *mieux qu'une bouée de sauvetage, un tremplin vers l'avenir !* » On n'en saura pas plus pour l'instant, on comprendra qu'il réserve au Comité d'Établissement la primeur du projet, merci de votre attention.

Il fend la foule, les types à sa suite, et son fils. On s'écarte, on se tire par la manche : c'est lequel le candidat sauveur, le barbu ou le glabre ? Baptiste, au passage, lance les clefs de l'appareil à ceux du service Entretien.

— Au hangar. Le plein. Vérification des niveaux. Départ demain six heures.

Aux gendarmes plus tard, Peyrot soulignera « *l'entassement des indices* », ces noms transparents de Godson et de Church, ces pilosités conformes à de récents signalements... Prétendra-t-il, il en fut illuminé, sur-le-champ. Et de fait on se souviendra, quelques-uns, avoir trouvé que Peyrot n'était pas dans son assiette quand il revint, cet après-midi-là, de ravitailler l'avion.

Grésil et givre, attente. Le jour baisse, cesse, la

nuit s'affaisse. Les banderoles s'étiolent, on bat la semelle, la campagne, on glane encore une gitane et tous les paquets sont vides.

Les délégués, le pas lourd. Ils se hissent sur un Fenwick, compte rendu camarades. Alors voilà, finies les Forges et tous à l'ANPE, c'est le plan de ces messieurs, puis on serait repris, un sur dix, on deviendrait parc d'attractions, ces messieurs ne sont pas encore fixés si on s'appellerait « *Holyland* » ou « *French 1789* », scènes de la Bible ou de la Révolution les études de marché sont en cours. Enfin voilà, à prendre ou à laisser, dernier mot de ces messieurs ; et vos délégués, camarades : point par point ! pied à pied ! mais maintenant qu'est-ce qu'on fait ?

On est premièrement pour dormir là-dessus, demain est un autre jour. On se sépare avec des glaçons sur les lèvres, des mains de pierre, et c'est à ce moment que bruit de chute et jurons, à la sortie du bâtiment ces messieurs. Les deux Américains sont par terre, Misayre et son Baptiste appellent à l'aide. Le truc idiot, dans le noir une plaque de verglas, l'un qui essaie de se raccrocher à l'autre, le barbu qui part en arrière et le glabre en avant. Le barbu pas de bobo, mais le glabre en sang, mal tombé : contre un guidon de moto. Direction l'infirmerie, on s'en charge, quelques-uns, dont Peyrot.

Aux gendarmes plus tard, Peyrot décrira « *le flamboiement des preuves* », et tous on témoignera que son délire avait commencé à peine arrivés à l'infirmerie.

A la lumière on s'en rend tout de suite compte : beaucoup de bruit pour pas grand-chose, plus de sang que de plaies, le dénommé Godson doit faire un peu d'hémophilie. Dans sa chute il s'est entaillé le creux des mains, et la poignée de freins de la moto, déchirant veste et chemise, lui a tracé une légère estafilade sous le sein gauche. Et baste.

Il est là devant la glace, torse nu et mains ouvertes, qui fronce le nez pendant que l'autre, Church, lui nettoie ses petites coupures. Soudain Peyrot :

— A genoux ! Tous ! braille-t-il.

Et de s'y jeter, lui, yeux clos, doigts joints, marmonnant. A genoux, est-ce qu'on ne Le reconnaît pas ? A genoux devant Ses paumes, Son flanc, Ses Saintes Plaies ! A genoux, qu'on soit croyants ou mécréants !

— Ça lui prend souvent ? sourit Baptiste.

On se penche vers Peyrot, remets-toi vieux, ils n'ont pas encore réussi à les fermer, va, les Forges. Mais lui : « *A genoux, malheureux ! car Le Sauveur est parmi nous !* » yeux clos, doigts joints, marmonnant.

— What is it about ? s'alarment les Américains.

— Nothing to fear, this bloke is simple-minded that's all, regarde sa montre Misayre.

Alcool coton sparadrap, le glabre se rhabille et repeigne, *thank you everybody*, et ces messieurs

s'en vont. On éteint derrière eux, allez debout
Peyrot qu'on aille s'en jeter un.

— Et tout ce temps je priais, expliquera-t-il,
et dans la glace Ses yeux m'écoutaient et je
n'osais pas Lui demander, mais Sa bonté
m'inondait, alors j'ai compris qu'Il m'accordait
un vœu, et j'ai enfin osé Lui demander, et dans la
glace Il a battu des cils, et voilà pourquoi, grâce
à Dieu, Misayre n'est plus de ce monde...

— Quand ? Et comment ? Quand et comment
as-tu saboté l'avion ? pour la énième fois l'inter-
rogeront les gendarmes.

C'est au-dessus de Fouïch, au-dessus de Trimouns aussi, et même au-dessus du Pic, du Mont
et du Roc où gîtaient jadis trois tiers de sorcière,
c'est à Font Nègre qu'on a retrouvé la trace de
l'appareil, un fauteuil flottant de biais sur
l'étang, et Baptiste dedans, sourire d'agneau,
cœur à l'arrêt. Rien d'autre.

La Mort n'est pas mécanicienne, je ne peux
empêcher un moteur d'exploser. Mais qu'on se
garde de rêver : pas davantage qu'à Byzance
autrefois je n'ai fauché Misayre. Certes nos
relations s'étaient les derniers temps dégradées.
Le bonhomme s'autorisait de ce qu'il ne me
craignait plus pour ne plus m'écouter ; s'il me
croisait il m'accordait autant d'intérêt que dans
les couloirs de ses bureaux à une préposée au
nettoyage ; et quand il m'évoquait ou me convo-
quait, c'est comme il aurait fait du sous-chef

d'un de ses services du Contentieux... Mais pour sensible que j'aie l'épiderme je ne confonds pas qui me sert et qui me nuit. Misayre depuis longtemps n'était plus cet artisan qui, un jour, avait cru pouvoir me muer en ouvrière, à ranimer et entretenir le feu de sa forge. Il bâtissait toujours, et fondait et engendrait ? Oui, mais comme malgré soi. Le nouveau l'inquiétait ; par encore du nouveau il s'empressait de le rendre caduc. Le vivant l'accablait ; il ne s'apaisait qu'à verser des larmes et tirer des chèques sur ce qu'il flétrissait et vouait à disparaître. Il me faisait en somme la partie belle, et longue, et vaste.

Et me la fera encore, rien n'est perdu. Après la désintégration de l'appareil je l'ai vu, immortelles particules aspirées par les vents ascensionnels, traverser tropo-, strato-, méso-, et thermosphères. Qu'on ne se le figure pas résigné à ce que le monde se perpétue sans lui. Je le sais qui rôde parmi les météores les quasars les galaxies, arpentant toutes les orbites et jusqu'aux ellipses obsolètes, dans l'attente forcenée de voir capsules navettes et vaisseaux lui apporter enfin les ogives les têtes les rayons les missiles que dans des arsenaux connus de lui on a reçu mission de construire, dessinant programmant suaves sourds. Raison pour laquelle je ne désespère pas tout à fait d'avoir à écrire avec Misayre, dans dix mois dans dix ans, sur l'interminable livre des hommes le mot Fin.

Livre trois : Le Dit des sorcières

Livre quatre : Le Dit de la cage et des caisses

Livre cinq : Le Dit de l'arsenal

DU MÊME AUTEUR

Chez d'autres éditeurs

MON POING SUR LA GUEULE, *Balland.*
RAPPORT À LA GÉNÉRALE, *Balland.*
PAYS CONQUIS, *Robert Laffont.*

Impression Bussière à Saint-Amand (Cher),
le 6 juin 1989.
Dépôt légal : juin 1989.
Numéro d'imprimeur : 7113.

ISBN 2-07-038143-9./Imprimé en France.
Précédemment publié aux Éditions Balland
ISBN 2-7158-0676-0.

45309